書下ろし

火中の栗

のうらく侍御用箱④

坂岡　真

祥伝社文庫

目次

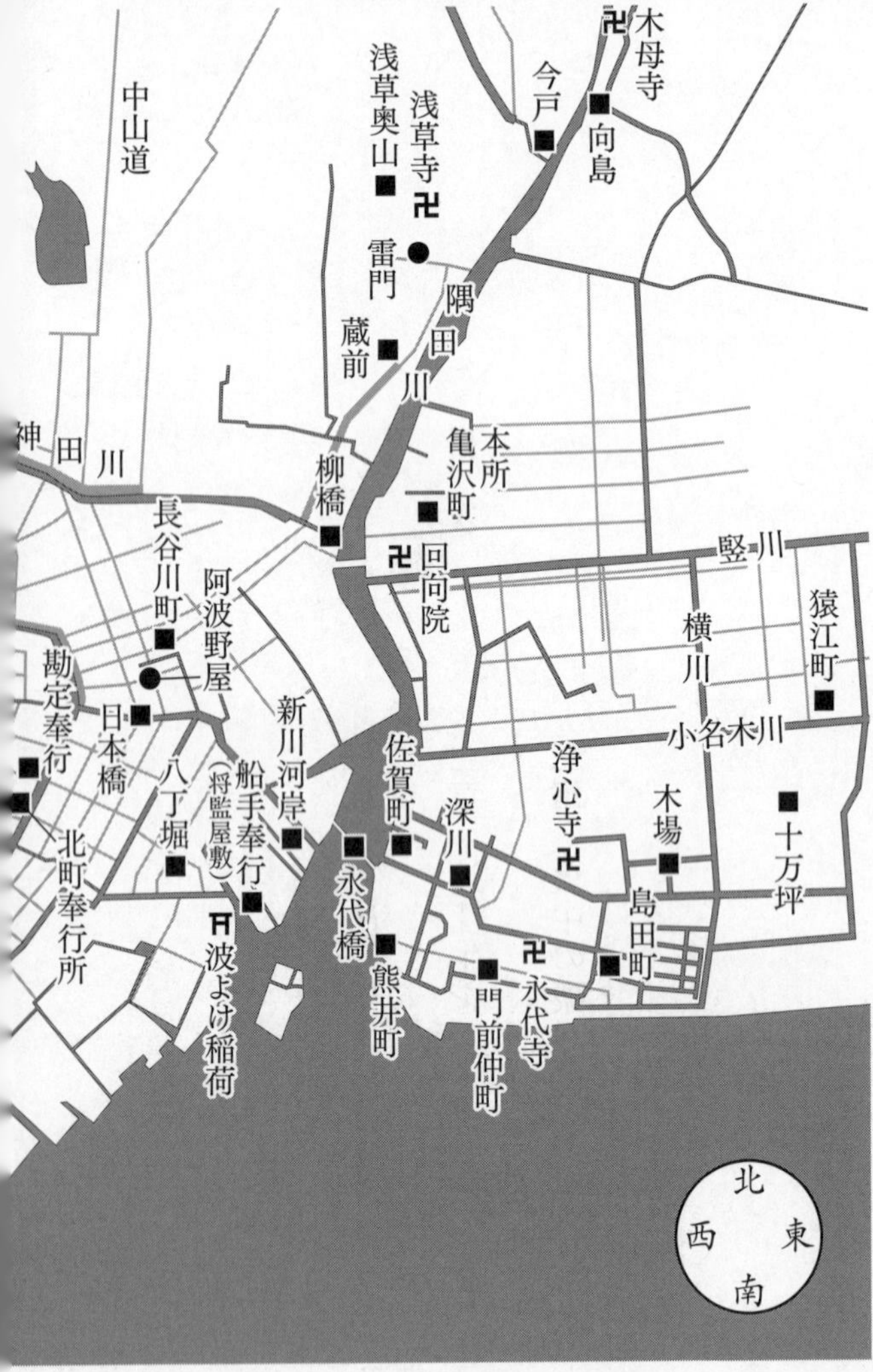
木母寺
今戸
向島
浅草奥山
浅草寺
中山道
雷門
隅田川
蔵前
本所
亀沢町
神田川
柳橋
長谷川町
阿波野屋
回向院
竪川
猿江町
横川
勘定奉行
日本橋
新川河岸
小名木川
佐賀町
浄心寺
木場
十万坪
八丁堀
船手奉行
（将監屋敷）
深川
永代橋
島田町
北町奉行所
波よけ稲荷
熊井町
門前仲町
永代寺
北
東
南
西

「火中の栗」の舞台

小石川御門
九段下
内藤新宿
青梅街道
甲州街道
四谷御門
鮫ヶ橋谷丁
半蔵御門
江戸城
喰違御門
赤坂御門
平川町
渋谷村
豪徳寺
増上寺
宮益坂
渋谷川

一章　首吊り侍

一

夜の海は恐い。

引きずりこまれるようだ。

ただでさえ恐いのに、風は吼《ほ》え、波はもんどり打っている。

船乗りたちが「はるいち」と呼ぶ南風が吹きあれ、相模灘《さがみなだ》は荒れまくっていた。

船縁《ふなべり》に当たって砕けた波が、牙を剝《む》いて襲ってくる。

「横風を避けろ。舵《かじ》を握れ。舵が壊れたら仕舞いぞ」

船乗りたちは長さ三丈もある舵を巧《たく》みに操り、大波をいくつもやりすごす。

「踏んばれ、浦賀《うらが》水道はすぐそこじゃ」

甲板《かんぱん》では、船乗りたちが口々に叫んでいた。

難所の遠州《えんしゅう》灘をも、平然と乗りきった強者《つわもの》どもだ。

いざとなれば、檣《ほばしら》を大鉈《おおなた》で断ってでも転覆だけは避けてやる。この船がただの箱になっても、かならず全員で生きのびてみせると、一升徳利《いっしょうどっくり》を呑みまわしながら豪語する連中だった。

しかも、乗っているのは、横板が精緻《せいち》な菱《ひし》形に組まれた菱垣廻船《ひしがきかいせん》だ。長さ五丈、幅二丈五尺、四角い一枚帆をひろげれば二十三反もある。船倉には米に換算して一千石ぶんの荷を楽々と積むことができた。

竹の簀《す》の子が敷きつめられた船倉には米俵が山と積まれ、薬種や俵物や反物などの包みも大量に見受けられた。

泉州湊《せんしゅうみなと》で積み荷に要した日数は、十二日間と聞いている。

この下田《しもだ》沖までは、十日も掛けてやってきた。

今さら、沈むわけにはいかない。

「頼む、風神丸《ふうじんまる》よ。耐えてくれ」

義平《ぎへい》は甲板に蹲《うずくま》り、必死に祈りを捧《ささ》げた。

そして。

祈りが通じたのか、波は嘘のように鎮まった。

沖に流されてから、どれほどの刻《とき》が経ったのであろうか。

龍のかたちをした群雲《むらくも》は晴れ、三日月が顔を出している。

檣に絡みついた手綱は凍りつき、月影に煌《きら》めいてみえた。

「……や、やった。助かったぞ」

義平は飛びあがって喜び、船縁から身を乗りだした。
刹那《せつな》。
どんと、激しい衝撃をおぼえた。
右舷の斜め前方だ。
黒い帆布《はんぷ》をはためかせた船が迫っている。
何と、船に乗った連中の手で、銛《もり》が打ちこまれていた。
「うわっ、海賊だ。海賊が襲ってきたぞ」
「取り舵を切れい」
——ぐおおん。
風神丸は悲鳴をあげ、船体を大きくかたむけた。
横波が甲板を呑みこみ、船乗りが攫《さら》われていく。
「逃げろ、やつらが乗りこんでくる」
船乗りたちにつづき、義平も船倉に飛びおりた。
吐き気を催し、藁束《わらたば》の積まれた隅まで走る。
壁にぶつかり、転がった。
胃袋から、苦いものが迫りあがってくる。

「ぬぐ……うげっ」

吐こうとしても、すでに吐くものは無く、黄色い汁が出てきた。

情けない面《つら》を持ちあげると、大きな舌が顎《あご》を舐めあげてくる。

「……じ、次郎丸《じろうまる》か……う、愛《う》いやつよ」

すぐさま、甲板が騒がしくなった。

海賊どもが駆けまわり、船倉にも降りてくる。

「お宝はどこだ。お宝を探せい」

隆々《りゅうりゅう》としたからだつきの男が、手下どもを煽《あお》っていた。

手下どもは、脅《おび》えた船乗りたちの尻を蹴りあげる。

「てめえら、荷を運べ。ぐずぐずするな」

貴重な薬種や反物、そして米俵がつぎつぎと担《かつ》ぎだされていく。

「抗《あらが》う者は容赦《ようしゃ》しねえ」

手下のひとりが米俵のうえに立ち、毬藻《まりも》のようなものを鷲摑《わしづか》みにして掲《かか》げた。

「ほれ、これをみよ」

生首だ。

血が滴《したた》っている。

手下は生首を抛《ほう》り、こちらに向かってきた。

「おや、妙なものがおるぞ。おかしら、おかしら。牛です。でけえ牛がおりやすぜ」

海賊どもが集まってきた。

手下は幅広の刃を舌で舐め、牛に斬りかかろうとする。

「おやめください」

果敢にも、義平は立ちはだかった。

「ご勘弁を。牛だけは、お助けください。お願《ねげ》えでごぜえます」

「おめえ、船乗りじゃねえな。百姓か」

「牛飼いです。近江《おうみ》の牛飼いです」

「へへ、牛飼いが何で菱垣廻船に乗ってんだ」

「牛の世話をするためです」

「何やら、寝言を聞いている気分だな。おめえ、牛さえ助かりゃ、自分は死んでもいいのか」

「えっ」

白刃が閃《ひらめ》いた。

「ぎゃっ」

義平は袈裟《けさ》懸《が》けに斬られ、藁束のうえに倒れる。

そこへ、首魁とおぼしき男が飛びこんできた。

「ばかやろう」

義平を斬った手下を撲《なぐ》りたおす。

「牛飼いが死ねば、牛も死んじまうだろうが」

「だって、おかしら。牛を生かすんですかい」

「こいつはきっと種牛だ。近江の種牛は高く売れる。生かしたまま陸《おか》にあげるんだ」

「へい」

「牛飼いを介抱してやれ」

「もう、手の施しようがありやせんぜ」

そうした会話を、義平は薄れゆく意識のなかで聞いていた。

目を瞑《つむ》ると、故郷で待つ母親の顔が浮かんでくる。

「おっかさん……す、すまねえ」

若い女房と乳飲み子の顔も浮かんできた。

胸の裡《うち》でひとりひとりに謝っていくと、懐かしい従兄《いとこ》の顔がぽっと浮かんだ。

「兄《あん》ちゃん」

誰かが、平手で頬を張っている。

薄目を開けると、必死に叫ぶ首魁の顔がそばにあった。

「誰だ、そいつは誰だ」

襟《えり》を摑まれて揺さぶられ、従兄の名を口走ったような気もする。

もう、わからない。

首魁から目を逸《そ》らすと、次郎丸が濡れた眸子《まなこ》でみつめていた。

おめえ、悲しいのか。

おれが死ぬのを、悲しんでくれるのか。

牛が笑った。

「……じ、次郎丸」

ぷつんと、糸が切れた。

それから、しばらくのち。

漆黒《しっこく》の波間に浮かぶ風神丸は紅蓮《ぐれん》の炎を巻きあげ、銛を打たれて傷ついた鯨《くじら》のように喚《おめ》きながら、ゆっくりと没していった。

荷船の航行を司《つかさど》る浦賀御番所の宿直帳《とのいちょう》には、こう綴《つづ》られている。

——天明《てんめい》五年如月《きさらぎ》三日未明、下田沖の風波強く外海は大荒れ、沖に船影をみとめ難《がた》し。十日前、泉州湊を起《た》った風神丸は荒海に没し、乗員生存の見込みこれなし。この三月《みつき》足らずのあいだ、南海路にて沈みし荷船は十指に余り、犠牲者は百五十人を超える。海神の怒り鎮まるところを知らず、船手方に打つ手なし。願わくば海に消えし者たちに安らかな眠りを与えたまえ。合掌。

二

——ごろっ。

虫起こしの雷が鳴った。

平川《ひらかわ》町の獣肉屋《ももんじや》で「蹴飛《けと》ばし」の鍋を食い、ぽかぽかしたからだで坂道を下っていると、嗄《しわが》れたような女の声に呼びとめられた。

「黒羽織の旦那、ちょいと遊んでおいきな」

提灯《ちょうちん》片手に振りむけば、鼻だけが妙に白い夜鷹がつくり笑いを浮かべている。

葛籠桃之進《つづらもものしん》は微酔《ほろよ》いの瓜実顔《うりざね》を近づけ、悲しげに眉尻を下げた。

「それは、付け鼻か」

「さいですよ。鳥屋《とや》についた身ゆえ、ご安心くださいな」

瘡《かさ》に罹《かか》って鼻をなくした私娼が糝粉細工《しんこざいく》の鼻を膠《にかわ》でくっつけ、もう伝染《うつ》らないから安心しろと自慢げに胸を張る。そうした夜鷹どもが饐《す》えた臭いの漂う暗がりから通りを窺《うかが》い、銭を吐きだしそうな酔客とみれば誰彼かまわず誘いかけてくる。半蔵門《はんぞうもん》から四谷《よつや》門にいたる谷間の道は、迷いこんだら容易に抜けられぬ深い闇を抱えていた。

「ここは清水谷《しみずだに》か」

「さいですよ。ここがどこかもわからないの。お見受けしたところ、惚《ぼ》ける年でもあるまいに。せいぜい、不惑《ふわく》を超えたあたりでしょう」

「三十五だ」

老け面かもしれぬが、老けこむ齢《よわい》ではない。

「それがどうした。鼻がちょいと曲がっておいでだねえ」

「鼻がちょいと曲がっておいでだねえ」

「それがどうした。付け鼻よりはましであろうが」

「うふふ、おちょぼ口で怒っても、恐かありませんよ。ねえ旦那、ひと切り二百文でいかがです」

「遠慮しておく」

「なら、百文にまけときますよ」

「金の問題ではない」

「あらそう。まっすぐお家に帰ってもつまらなかろうに。紀尾井《きおい》坂を上っていきなさるのかい」

「まあな」

「坂を上ったさきは、喰違《くいちがい》の御門にござんすよ」

夜鷹は歯のない口で笑い、調子に乗って謡《うた》いだす。

「四谷と赤坂《あかさか》のまんなかは、いすかの嘴《はし》のくいちがい。おもいどおりにいかぬのがこの世の常とは申せども、世を儚《はかな》んで死にいそぐ阿呆《あほう》どもが寄り集う。喰違の御門前は首吊りの名所にござ候《そうろう》」

桃之進は仕舞いまで聞かずに背中を向け、小さな眸子をしょぼつかせながら勾配のきつい坂を上りはじめた。

「ふん、冴えないお侍だよ」

後ろで唾を吐く夜鷹の言うとおり、ただでさえ風采《ふうさい》のあがらぬ風貌にくわえ、撫《な》で肩の背を丸めて歩くすがたは、水辺をうろつく黒鷺《くろさぎ》のようだ。

じつは、趣味で散文を書いている。廓《くるわ》通いの若旦那が行く先々で面白い騒動を巻きおこす滑稽噺《こっけいばなし》だ。「野乃侍野乃介《ののじのののすけ》」という号もあり、まとまったら黄表紙屋にでも売ろうとおもったが、近頃は筆もいっこうにすすまない。

散文書きは止め、川柳でもはじめようかとおもっている。

さよう、さむらい川柳とでも名付け、生きづらい世の中の愚痴《ぐち》を自由気儘《きまま》につぶやいてみせるのだ。

「ふむ、なかなかの名案だ」

さっそく、一句浮かんだ。

――鼻をつけ鳥屋についたと胸を張る。夜鷹。

「それにしても、ちと食いすぎたようだな」

馬肉の異称でもある「蹴飛ばし」は小鍋一杯で五十文、安さに釣られて薄汚い暖簾《のれん》を振りわけた。

番町《ばんちょう》の法眼《ほうげん》坂に住む勘定方の元同僚が急死したと聞き、線香の一本でもあげてやろうと家を訪ねた帰り道、色気のある若後家の風情にでもあてられたのか、血の滴るほどの獣肉をもりもり食いたい衝動に駆られ、平川町の露地裏にある獣肉屋へ足を向けたのだ。

ふだんから食べつけぬ馬肉を胃袋が破裂する寸前になるまで食べたせいか、むかむかして気分が悪くなってきた。

吐くか。

道端に屈《かが》んで口に手を突っこみ、指でのどちんこをまさぐる。

「おえっ、おえっ」

無理に吐こうとしても吐けず、あきらめてまた坂を上りだす。

これでも、かつては御前試合に臨んだこともある剣客《けんかく》だった。

免状を許された無外流《むがいりゅう》には「千鳥《ちどり》」なる秘技がある。二間近くも跳ねとび、真っ向から相手の頭蓋を梨割りにする荒技だが、鳥のごとく跳躍するには強靱な足腰の粘りが要る。粘りが齢とともに失われていくにつれ、誰よりも強くなろうとか、上手くなろうとか、そうした向上心も薄れていった。

「桃之進よ、おぬし、先がないぞ」

自戒しながら贅肉のたっぷりついた脇腹に手をやり、喘《あえ》ぎながらえっちらおっちら坂道を上りつづける。

紀尾井坂とは紀州と尾張《おわり》の両徳川家、ならびに近江彦根《ひこね》藩三十万石を領する井伊《いい》家の頭文字をとった名称にほかならない。坂道の左右からは、大々名の威厳をみせつけるかのようにそそりたつ海鼠塀《なまこべい》が覆《おお》いかぶさってきた。

「人生は儚い」

死んだ元同僚は組頭に出世し、三十石の加増を内々に通達されていたという。三百石から三百三十石への加増、貧乏旗本なら誰もが羨《うらや》むほどの出世だった。やっかみを抱いた者もひとりならずあったが、死んでしまっては元も子もない。

桃之進も若い時分は、出世を望まないわけではなかった。うかうかしているうちに出世の道を外れ、気づいてみたら十年勤めた勘定所からも逐《お》われていた。北町奉行所の金公事方《かねくじかた》という、あってもなくてもいいような役目に就かされたのだ。

左遷を命じられたのは鬱陶《うっとう》しい梅雨《つゆ》の頃、あと三月もすれば丸二年になる。

饑饉《ききん》は深刻の度を増し、諸藩の台所は火の車、幕府だけが無策のまま安閑《あんかん》としているわけにもいかず、役人減らしの施策を講じて体裁《ていさい》をつくろった。桃之進も、付け焼き刃と断じるしかない愚策の犠牲になった口だ。禄米《ろくまい》は減らされ、拝領屋敷も狭くなったが、今さら愚痴を言う気もない。

重い足を引きずり、どうにか坂を上りつめた。

喰違御門はほかの見附《みつけ》とちがい、枡形《ますがた》ではない。石積みの城壁がたがいちがいに折りかさなり、堅固な城門を成している。

海鼠塀の途切れたさきには、松林がつづいていた。

昼間ならば、江戸でも有数の眺望を誇る高台だが、夜は物淋《さび》しいところだ。

風もないのに木々はざわめき、鼻のない夜鷹の声が忽然と耳に蘇ってくる。

——喰違の御門前は首吊りの名所にござ候。

何者かの気配を察し、桃之進は足を止めた。

「ん」

松の枝から、丸いものがぶらさがっている。

もしやとおもって身構え、提灯を翳《かざ》した。

ぶらさがっていたのは、杉の酒林だった。

「いたずらか」

安堵した刹那、背後の松がゆさりと揺れた。

「ふわあああ」

太い悲鳴とともに、人が落ちてくる。

「うおっ」

桃之進は腰を抜かしかけ、どうにか踏みとどまった。

どさっと落ちてきた男の首には、荒縄が巻かれている。

首を吊ってはみたものの、肝心の縄が切れてしまったのだ。

死に損《ぞこ》ないめ。

「おい」

呼びかけても、返事はない。

そっと近づき、提灯で顔を照らしてみる。

どうやら、気を失っているだけのようだ。

放っておくわけにもいかず、背後にまわって助けおこす。

「ふん」

活《かつ》を入れた。

「うっ」

気づいた男は、鶏《にわとり》のように目を丸くする。

月代《さかやき》を青々と剃った侍だ。

何やら、抹香《まっこう》臭い。

齢は不惑あたりか。

それにしては、分別のないことをする。

「おい」

ふたたび呼びかけると、男はぎょっとして振りむき、地べたに這いつくばった。

「ご堪忍を、ご堪忍を。閻魔《えんま》さま」

「おいおい、冗談じゃない。顔をあげてようくみろ」

男は脅えた顔を持ちあげ、縄の付いた首を亀のように伸ばす。

「どうだ、わしが地獄の大王にみえるか」

「みえませぬ。閻魔さまにしては、ちと情けないお顔のようで」

「余計なお世話だ。あのな、ここはおぬしの望んだあの世ではない。おぬしは死に損いの阿呆だ。よいか、二度と莫迦《ばか》なまねはするな」

「莫迦なまねとは、何のことでしょう」

「惚《とぼ》けるな。新巻鮭《あらまきじやけ》のように首を吊るなと言うておるのだ」

「吊りたい事情《わけ》がござります。吊らぬとお約束はできませぬ」

「なら、勝手にするがいい。余計なことかもしれぬが、武士ならば首など縊《くく》らず、腹を切ったらどうだ。同じ死ぬにしても、恥を晒《さら》さぬ死に方というものがあろう」

「腹切りは痛《いと》うてかないませぬ」

「ためしたのか」

「何度か」

男は着物をまさぐり、恥じる様子もなく腹の傷を披露した。

「ためらい傷ではないか。古いものから新しいものまであるな」

何度かためしたものの、死にきれずに生き恥を晒しているのだ。

桃之進は溜息を吐いた。

「天が死ぬなと申しておるのさ」

「天が」

「さよう。生き辛《づろ》うても生きてみよ。さすれば道も拓《ひら》けよう。生きる喜びを味わう機会も訪れよう。人生まんざらでもないぞとな、天が申しておるのさ」

「もしや」

「何だ」

「あなたさまは、天ではありますまいか」

くらりと、めまいをおぼえた。

こんな男にかかずらわっているわけにはいかない。

「ではな」

背中を向けようとすると、男は唐突に名乗った。

「彦根藩御納戸《おなんど》役、日野庄左衛門《ひのしょうざえもん》にござります。不惑を迎えたにもかかわらず、お役目の上で失態がつづき、諸先輩方よりきつく叱《しか》られ、同僚には相手にされず、下の連中には蔑《さげす》まれ、肩身の狭いおもいを抱いておりました。上役どのに小遣いをせびりとられたうえに『役立たずめ、死んじまえ』と詰《なじ》られ、あげくのはてには」

「あげくのはてには、どうした」

「はい。内々に御役御免を申しわたされました」

それが三日前のはなしであった。近々正式に藩の了解を取って御役御免を申しわたすから、敷地内にある徒士《かち》長屋から出ていく段取りでもしておけと命じられた。ところが、徒士長屋で待っている妻子には事情を伝えられずにいるという。

「こうなれば、みずからの不徳を死んで詫びるしかないと、そのように腹を決めたのでござる」

腹を決めても腹は切れぬ。鈍重な男にありがちなはなしだ。

「拙者《せつしや》は婿《むこ》養子でして、近江の生家は種牛を育てております。物心ついたときから牛舎で育ったせいか、御城勤めには不向きなのでござる」

国許で燻《くすぶ》らせておけばよい人材が、何の因果か、江戸詰めの御勤番に選ばれてしまった。病気がちの妻と十六の愛娘を呼びよせ、ともども徒士長屋に暮らして三年の歳月が流れたものの、江戸暮らしには馴染《なじ》むことができなかったらしい。

「妻子を置いて、自分だけ逝《い》くのか。あまりにそれは無責任なはなしではないか」

「わかっております。されど、よくよく考えたうえでのことにござります。拙者など生きておっても、よいことはひとつもないのです」

日々のいじめに耐えきれず、冷静に考える心の余裕すら失ってしまったのだ。

哀れなはなしだが、今少しがんばって生きてみよ」

「さればな、今少しがんばって生きてみよ」


「お待ちを。天さま」

「だから、天ではないと申しておる。わしは葛籠桃之進だ」

「葛籠どの、おお、そうでしたか。して、葛籠桃之進どのはどちらの御勤番であらせられる」

「これでも幕臣でな。呉服橋《ごふく》のほうに出仕しておる」

「呉服橋と申せば北町奉行所、もしや、町奉行所のご同心であられるか」

「いちおう、与力ではあるがな」

気恥ずかしそうに胸を張ると、日野は大仰に驚いてみせた。

「およよ、与力どのでござりましたか。されば、お旗本であられますな。これはおみそれを。平《ひら》にご容赦くだされ」

「二百石取りの金公事与力にすぎぬ。貧乏旗本にへいこらすることもない」

「たしかに、金公事与力とは、ちと聞かぬお役目ですな」

「さよう。金公事は町奉行所で取りあつかわぬのが建前、されどなぜか、役目だけはあるのだ」

「はあ」

「ま、どうでもよい役目ということさ」

「それは羨ましい。拙者もそのようなお役に就きとうござる」

「就いたら、わしのように『のうらく者』と呼ばれるぞ」

「のうらく者」

「面倒事は避け、気働きもせず、波風が立たぬように、いつもへらへら笑っている。能天気な変わり者と目されておるがゆえに、だいじな役目も与えられぬ。居ても居なくてもどちらでもかまわず、毒にも薬にもならぬ。日の当たらぬ蔵の内にあって、日がな一日漫然と過ごしておる。のうらく者とは、つまり、腑抜けのことさ」

「なるほど。ふうむ、葛籠さまとは何やら馬が合いそうだ」

「合わぬ合わぬ」

死に損ないの弱虫侍といっしょにされてはかなわない。

「ともあれ、さらばじゃ」

「あの、葛籠さま」

「まだ何かあるのか」

「これを差しあげます」

うんざりした顔を向けると、日野は懐中から油紙に包んだ代物を取りだした。

「それは」

「干し肉にございます。それも、極上の近江牛、公方《くぼう》さまにご献上奉《たてまつ》るほどの逸品にござれば、かならずやご満足いただけるものかと」

「さような貴重な代物、頂戴する謂れはない」

「いいえ、これは閻魔さまに捧げるべく、御納戸よりくすねたもの。葛籠さまに貰っていただかねば困ります」

「なぜ、困るのだ」

「くすねたことがばれたら、腹を切らねばなりませぬ」

「切ればいい。望みどおり、あの世へ逝けるぞ」

「痛いのは嫌いと申しあげたはず。それに、閻魔さまへ何ひとつ捧げ物も持たず、あの世へ旅立つわけにはまいりませぬ。貰っていただけぬようなら、干し肉を抱えて、またぞろ首を吊りますぞ」

なかば脅された恰好で「捧げ物」を受けとり、判然としない心持ちで歩きだす。

「ふん、酔いも醒《さ》めたわ」

向かう正面には、篝火《かがりび》に映しだされた喰違御門が絶壁のように聳《そび》えていた。

三

翌日は非番ということもあり、寝坊をしてしまった。

雀《すずめ》の声に目を醒ましてみると、枕元に年上女房の絹《きぬ》が座っている。

「うわっ」

桃之進は驚き、おもわず声をあげた。

「幽霊かとおもうたぞ」

「おはようございます」

挨拶《あいさつ》を済ませるなり、絹は俯《うつむ》いてしくしく泣きだす。

「何を泣いておる」

「いつものことにございます」

「母上《おや》か」

「口惜しゅうてなりませぬ」

絹は商家から嫁入りした身ということもあってか、質実剛健を旨《むね》とする気丈な姑《しゅうとめ》の勝代《かつよ》とそりが合わない。些細《ささい》なことで小言を仰《おお》せつかるたびに泣き言を吐き、愚痴をこぼすのだが、こんどばかりは堪忍袋《かんにんぶくろ》の緒を切らしてしまったようだ。

「お聞きくだされ」

桃之進は朝っぱらから、聞きたくもないはなしを聞かされることになった。

「梅之進《うめのしん》と香苗《かなえ》の躾《しつけ》がなってないと、お義母《かあ》さまに叱られました」

十一になった香苗は、母親が甘やかしすぎたせいで嗜《たしな》みや礼節に欠ける娘に育ったと言われたらしい。襖《ふすま》の開け閉めやら、茶席の作法やら、言葉遣いの端々にいたるまで小言を並べられ、絹は辟易《へきえき》としていた。

さらに、香苗よりも深刻なのは、養嗣子《ようしし》の梅之進だった。病でもないのに一日の大半を自室で過ごし、剣術道場にも塾にも行かず、ろくに挨拶もできない。十六になったにもかかわらず、蒼白い顔で佇《たたず》むすがたはもやしのようで、あれではとうてい葛籠家の当主を継ぐことはかなうまいと、絹はいつになく厳しい口調で叱責されたらしかった。

「それもこれも、母であるわたくしの育て方が悪かったせいだと仰せになりました。お義母さまは、まだあのことを根に持っておられるのです」

「莫迦な」

絹は嫂《あによめ》であった。娘を旗本の正妻にしたいと願った呉服商の父が、三百両の持参金を持たせて葛籠家に嫁がせた。十二年前、兄杉之進《すぎのしん》の死で後家となったものの、片化粧も取れぬうちに弟桃之進の嫁となった。

嫁取りに無頓着《むとんちゃく》とみえた桃之進が「義姉上《あねうえ》、このとおりにござります」と土下座までして頼んだ。持参金といっしょに去らせたくなかったのと、新たな嫁を探すのが面倒だったのと、少しだけ恋情を抱いていたのと、さまざまな理由から引きとめたのだが、絹は桃之進が死ぬほど自分に惚れているものと勘違いし、世間体をも顧みずに諾してくれた。

世間は当初、旗本の兄弟をまとめて食った商家の猛女などと、おもしろおかしく囃《はや》したてた。絹が弟の嫁にきまったときから、姑との関わりはぎくしゃくしはじめていた。

梅之進は兄の子なので、桃之進に遠慮があった。ゆえに、躾が疎《おろそ》かになった面はある。そのあたりを本人から鋭く見抜かれ、懐《なつ》いてもらえないのかもしれない。絹が梅之進に厳しく接することができないのも、あるいはまた、梅之進自身が引きこもってしまったことも、すべてそのあたりに原因がありそうだった。

葛籠家に留まった後ろめたさゆえか、絹は姑の勝代に何を言われても抗うことができず、怒りの持っていき場を失い、未明から枕元に座りつづけているのである。

「気にいたすな。母上は鬱憤《うっぷん》を晴らしたいのだ。腹に溜めたもやもやを吐きだせば、けろりとお忘れになる。いつものことではないか」

「鬱憤晴らしの捌《は》け口になるのは、もうこりごりです。すべては、あなたさまがしっかりしておられぬゆえです」

「え、わしのせいか」

「そうにきまっておりましょう。お義母さまは、うだつのあがらぬあなたさまにご不満がおありなのです。わたくしには八つ当たりをしているとしかおもえませぬ」

返すことばもない。

勘定所から北町奉行所へ左遷されるにともない、拝領屋敷は九段下蟋蟀橋《くだんしたこおろぎばし》の五百坪から八丁堀《はっちょうぼり》の二百坪に減じられ、門も立派な長屋門から太貫《ふとぬき》を渡しただけの冠木門《かぶきもん》に替わり、御禄も三百石から百石も削られてしまった。

「お義母さまは泣く泣く使用人を半分に減らし、たいせつになさっていた栗毛《くりげ》の馬も売ってしまいになり、年に一度のお楽しみだった箱根湯本《はこねゆもと》への遊山《ゆさん》もおあきらめになりました」

「すまぬ」

情けないことに、何を言われても腹が立たない。

いや、腹を立てずに謝ったほうが賢いというのがわかっている。

身過ぎ世過ぎが必要なのは、外にかぎったことではない。稼ぎの少ない者の運命《さだめ》とあきらめ、疾《と》うのむかしに家で偉そうに振るまうのはやめた。

「すべて、わしの不徳から生じたものだ。誰の目でみても、葛籠家は落ちぶれたとしか映らぬ。母上にはそれがたまらぬのであろう。人一倍世間体を気になさるお方ゆえな」

一句浮かんだので、おもわず口ずさんでしまう。

「禄減って小言は増えて権威消え」

「ふざけておいでなのですか」

絹は座りなおし、襟《えり》をきゅっと揃えた。

「お義母さまにお約束していただかねばなりませぬ。これからは子どもたちに父親らしゅう強意見《こわ》すると、さようにお伝えくだされ」

「父親らしゅうか」

何かにつけて意見するのは苦手だ。面倒臭いし、子どもたちに嫌われたくもない。

武家の当主ならば小さいことは気にせず、動かぬ山のように構えていたかった。

「この際、お義母さまにも意見していただきとう存じます。あまり細々《こまごま》としたことまで口を挟んでいただかぬようにと」

「そんなことを言ったら、薙刀《なぎなた》で一刀両断にされるぞ」

「言えぬと仰《おっしゃ》るなら、わたくしにも考えがございます」

「考えとは」

絹は三つ指をつき、くいっと顎をあげる。

「実家へ帰らせていただきます」

「おいおい」

桃之進は弱々しく笑いかけ、困ったように黙りこむ。

ふと、床の間に目をくれた。

同時に、絹も目をくれる。

ふたりの眼差しが注がれたさきに、油紙の包みが置いてあった。

「あれは何です」

「開けてみるか」

事情も語らずに包みを開くと、赤味を帯びた肉のかたまりがあらわれた。

「干し肉だ」

「え」

「彦根藩の献上品でな、極上の近江牛じゃ」

「極上の近江牛」

絹は顔をしかめ、引き気味に身構える。

「どうだ、ひと口囓《かじ》ってみるか」

「え」

「上さましか口にできぬ高価な代物らしいぞ」

「まことですか」

公方しか口にできぬものと聞いた途端、絹の瞳は好奇の色に輝いた。

「よし」

桃之進は小刀を抜き、削った肉を口に抛《ほう》りこむ。

咀嚼《そしゃく》しはじめるや、顔じゅうに笑みがこぼれた。

「これは美味、蹴飛ばしどころのはなしではない。ほれ、おまえも食してみよ」

「はい」

絹も恐々ながら口に抛り、咀嚼しはじめる。

すると、しかめ面が満面の笑みに変わった。

「美味にございます」

「そうであろう」

「何やら、活力が湧いてくるようです」

「わしもだ。誰が相手でも負ける気がせん」

「されば、お義母さまのもとへおいきなされませ」

すかさず先手を打たれ、肉の欠片《かけら》をのどに詰まらせる。

「ん、わかった」

「干し肉は置いていきなされ。お義母さまはおそらく、穢《けが》らわしい獣肉などお食べになりますまい」

「そうだな」

桃之進は寝間着を脱いで着替え、狭い廊下をわたって手水《ちようず》へ向かった。

ぽっと、川柳がまたひとつ浮かぶ。

――牛食ってその場しのぎの仲直り。

冷水で顔を洗っていると、背後から人の気配が近づいてきた。

顔も拭かずに振りむけば、母の勝代が白装束で立っている。

「ご当主どの、今ごろお目覚めか」

「は」

「わたくしは、ひと稽古終えたところじゃ」

なるほど、片手に本物の薙刀を提げている。

勝代は小笠原流《おがさわら》の免状を持っており、知る人ぞ知る薙刀の名手なのだ。

「ひえい……っ」

気合一声、幅広の刃を振りまわし、石突きでとんと床を叩いてみせる。

「ご当主どの、十六年前のこと、おぼえておいでか」

唐突に聞かれても、にわかには応じられない。

「おまえさまは家治《いえはる》公ご着座の御前試合に参じ、一刀《いっとう》流や新陰《しんかげ》流の猛者《もさ》どもと互角にわたりあった。それどころか、勝ち抜き戦の勝者となり、ありがたいご褒美《ほうび》まで頂戴しましたな。よもや、お忘れではあるまい。おまえさまは、誰よりも輝いておった。されど、今はその片鱗もない。嘆《なげ》かわしや。あのときの葛籠桃之進は、いったいどこへいったのじゃ」

剣術を得手とする者が出世できる時代ではない。剣客など、邪魔になるだけの無用者にすぎぬ。

十六年前に側用人だった田沼意次《たぬまおきつぐ》は御政道の頂点にのぼりつめ、金がものを言う世の中をつくった。賄賂《まいない》を積まねば出世はできぬ。人は出世を望み、贅沢《ぜいたく》な暮らしを手に入れようと必死になり、悪事にも平気で手を染めた。金さえあれば少々の悪事をはたらいても文句は言われず、罰せられもせず、金満家の悪党どもがのうのうと大手を振って生きていけるようになった。世渡り上手だけが良いおもいをし、生き方に不器用な者は隅へ追いやられたのだ。

さしずめ、桃之進などは生き方下手の代表かもしれない。成人したのちは無役の小《こ》普請《ぶしん》組で過ごし、兄の急死で葛籠家の当主となった。父や兄の地位を継いで他人の禄米を勘定する勘定方に就き、十年も勤めたあげく、町奉行所の金公事方に左遷された。

それでも、職があるだけまだましかもしれない。天災つづきで世の中は飢饉に喘いでおり、田沼治世にも翳りがみえはじめている。刃傷《にんじょう》沙汰で若年寄の長子意知《おきとも》を失って以来、田沼意次の権勢もあきらかに衰えつつあった。

「母とて、出世は疾うにあきらめました。ただ、おまえさまに気概をもって生きてほしいのです。肥えた豚になってほしくはないのです」

「母上、拙者が肥えた豚にみえましょうか」

「たわけ、みえるから申しておるのじゃ」

「はは」

一歩退き、かしこまる。

「兄杉之進が急死するまで、おぬしは無役の小普請組で安閑と過ごしておったな。穀《ごく》潰《つぶ》しの部屋住みが葛籠家の当主となり、お役を頂戴して少しはしゃっきりしたとおもうたが、部屋住みのころの怠《なま》け癖はいっこうに直っておらぬ。今のおぬしは抜け殻《がら》も同然じゃ。とても武士とは言えぬ。母のことばはご先祖のことば、それがわからぬのか」

ご先祖を持ちだされたら抗しようもなく、嵐が過ぎるのを待つしかない。

「葛籠家のご先祖は神君家康公にお仕え申しあげた近習、大坂夏の陣にて功をあげ、宝刀の孫六兼元《まごろくかねもと》を下賜《かし》された家柄なのじゃ。そのことを肝に銘じよ」

何度となく聞かされた台詞《せりふ》は、お題目にしか聞こえない。

ただし、本阿弥《ほんあみ》家の目録が付けられた孫六兼元は、葛籠家唯一の家宝としてちゃんとあった。

「孫六も錆びておるわ。よいか桃之進、日々の鍛錬《たんれん》を怠るでないぞ。心はいつも研ぎすましておれ。武士でありたいならな」

「諸々、胆に銘じておきます」

「ふん、嫁に胆を抜かれるでないぞ」

はっとした。

勝代は、何もかも見抜いている。

桃之進はふたたび手水に向かい、冷水でじゃぶじゃぶ顔を洗った。

四

そんな桃之進にも、心の安まるところはある。

奉行所からの帰り道にあたる日本橋大路を渡ったさき、木原店《きはらだな》は聖天稲荷《いなり》のそばにある『おかめ』という縄暖簾だ。

三十路《みそじ》すぎの美人女将が切り盛りしている小さな見世で、客の目当てはもちろん、おしんという女将だった。

おしんは渋皮の剝《む》けた好い女だ。

ふっくらした頰にえくぼをつくり、少し受け気味の口で喋る仕種《しぐさ》が何とも言えずに色っぽい。

亭主に死なれた淋《さび》しさを、笑顔の裡に隠している。

煤《すす》けた壁に吊りさげられた大きな鮑《あわび》の大杯《うかむせ》に七合五勺の酒を注がれ、ひと息に呑んでやったときから、桃之進は見世の常連に迎えられた。

物事がうまくいかないときや行き詰まったとき、あるいは、厄介事が片付いてほっとひと息したいとき、かならずといってよいほど立ちよって、酩酊するまで呑みつづける。

もちろん、絹には喋っていない。

知りあいを連れていくのも惜しい、隠れ家のようなところだった。

夕刻、勤め帰りにひょいと立ちよると、おしんはいつもの笑顔で迎えてくれた。

「あら、旦那」

裾《すそ》に蝙蝠《こうもり》の乱舞する薄紫の着物を纏《まと》い、黄檗《おうばく》地に黒のかすれ唐草《からくさ》といった派手な帯を締めている。三つ輪髷《まげ》に鼈甲簪《べっこうぐし》をぐさりと挿し、富士額で化粧は薄い。梅散らしの前垂れを掛ける仕種すら艶めいている。

切れ長の眸子が、妖しげに囁《ささや》いた。

「ずいぶん、お見限りでしたね」

「三日ぶりであろうが」

「一日逢わないと、一年も逢わない気がいたしますよ」

「おいおい、本気にするぞ」

挨拶代わりの戯《ざ》れ言とは知りつつも、嬉しい気分になる。

「どうしたんです。浮かないお顔」

「あいかわらずさ。内でも外でもいじめられっぱなしでな、身のおきどころがないのさ」

「旦那には、このお見世がおありでしょう。さ、そちらのお席へ」

「お、運だめしの席か」

空の酒樽をひっくり返した隅の席は「運だめしの席」と名付けられており、七合五勺の大杯を空けた者しか座れない。唯一、おしんと差しつ差されつできる席でもあった。

「さあ、愚痴なら一晩中《よっぴて》聞いてさしあげますよ」

座ってすぐに、燗酒と肴《さかな》が出てくる。

肴は蕗味噌《ふきみそ》と塩昆布だ。

「鰆《さわら》の味醂《みりん》干しでも焼きましょう」

「お、そうしてくれ」

注いでもらった酒は剣菱《けんびし》の諸白、伊丹《いたみ》の上等な下り酒だ。

「ん、美味い」

「そうでしょうとも」

一句浮かんだ。

――うかむせを満たして干して恋に酔う。

気恥ずかしいので、声には出さない。

黙ってにやにやしていると、おしんは溜息を吐いた。

「このところ、お酒もずいぶん値が張っちまって」

「そうだな。酒も米も、この半年で二倍になった。縄暖簾の女将にしてみればたまらんな」

「ほんとうに。どうしてなんでしょう。この物不足」

「どこかの悪党が、酒や米を蔵に隠しているとしかおもえぬな」

「迷惑をこうむるのは貧乏人ばかり」

どうにかなるものならしてやりたいが、町奉行所の与力風情《ふぜい》にできることはひとつもない。

「はい。鰆が焼けましたよ。何だか、今宵の旦那は萎《しお》れた茄子《なす》みたい」

ひょっとしたら、首吊り侍を助けたことが響いているのかもしれない。

死にたいという負の感情が伝染《うつ》ってしまったのだ。

まさかな。

首を振り、かぽっと盃を空ける。

客も増えてきたので、何となく居づらくなった。

「今宵はこのくらいにしておこう」

「あら、もうお帰りですか。おめずらしい」

「ちょっと立ちよるだけでも気が晴れる。おしんの顔をみられてよかった」

「それじゃ、また明日」

「ああ、そうだな」

おやすみと言って見世を出た途端、名状しがたい淋しさにとらわれた。

人恋しくなるのは、役所奉公の侍なら誰もが抱く性《さが》であろう。

――なあご。

三毛《みけ》猫が小莫迦にしたように鳴いた。

捕まえようとして、石に躓《つまず》いてしまう。

「おっとっと」

踏みとどまって顔をあげると、猫も塀際からみつめている。

「ほら、こっちへ来い」

屈んで誘っても、じっとしている。

たぶん、着物に付いた焼き魚の匂いが気になるのだろう。

辻陰から、女がひとりあらわれた。

白くて細長い手で猫を拾いあげ、妖しげに微笑《ほほえ》んでみせる。

暗がりでよくみえないが、笑ったことだけはわかった。

「旦那、お安くしときますよ」

淋しい気持ちの穴埋めに、わたしが温めてあげますよと、そんなふうに言われているような気がして、ふらふらと誘われてしまう。

「いかん、いかん」

足を止め、背中を向けた。

「あたしゃ、ただの猫じゃない。回向院《えこういん》の金猫《きんねこ》だよ。袖にしたら、あとで後悔するかんね」

後悔などするものか。

桃之進は背を丸め、小便臭い露地裏の暗がりを、とぼとぼと歩きはじめた。

五

三日後。

幼馴染みの亀崎伊之助《かめざきいのすけ》なる者が小十人組の組頭に出世したという噂を聞きつけ、勝代は桃之進を仏間に呼びつけた。

「そこにお座りなされ」

二十年前に亡くなった父松之進《まつのしん》の位牌を拝み、気丈な母は口惜《お》しげに不満を述べたてる。

「亀崎伊之助どののことなら、洟垂《はなた》れのころからよう存じております。御屋敷も蟋蟀橋を渡ってすぐのところにありますからね。ええ、おまえさまに輪を掛けてのんびりした子で、近所の子どもたちから『亀助やあい、亀助やあい』と、いつもいじめられておりましたっけ。それが御勘定方から御番入りを遂げて三年も経たぬうちに、何と組頭に出世するとは」

開いた口がふさがらないと嘆《なげ》かれても、ああそうですかと生返事しかできない。

桃之進も「亀助」が出世したことは小耳に挟んでいた。

いじめられたときは庇《かば》ってやったこともあったし、おたがいに家の当主となったあとも勘定所で机を並べた仲だった。算盤《そろばん》が得手というわけでもないし、剣術も強いわけではない。敢《あ》えて言うなら、誰よりもお辞儀の仕方が上手かったので「おじぎ侍」と綽名《あだな》されていた。

無論、お辞儀ひとつで出世できるなら、何も苦労することはない。

ともあれ、風采のあがらぬふたりのうち、ひとりは町奉行所の金公事方に左遷され、ひとりは番方に出世を遂げた。ふたりのあいだに、どうして天と地ほどの差が開いてしまったのか、左遷された当の本人にもわからない。

「小十人組と申せば、本丸御殿の檜《ひのき》の間詰めですよ。檜舞台からの見晴らしは、どれほどすばらしいものでしょう。組頭ともなれば御役料三百俵の御加増となりましょうし、すえは小十人頭から御目付、遠国奉行から勘定奉行、そして町奉行へと出世街道をひた走るやもしれませぬ。家禄三百石の旗本が、何と数千石の御大身になるやもしれぬのです。ああ、それほど大きな夢ならば、母もみてみたいものじゃ。亀助どののお父上が羨ましゅうてなりません」

出世などあきらめたと言いながら、ずいぶんなこだわりようではないか。

格別に抜きんでた能力でもないかぎり、出世には運がつきまとう。自分には運がなく、亀助には運があった。それだけのはなしだ。

仏壇に向かって線香をあげる勝代を残し、桃之進は忍び足で逃れた。

こそ泥のような恰好《かっこう》で廊下をわたっていると、庭箒《にわぼうき》を手にした野良着姿の老人が濁声《だみ》を張りあげる。

「若、伝助《でんすけ》にござります」

「ん」

情けない顔で振りむけば、先代から仕える律儀者《りちぎ》の草履《ぞうり》取りが梅干しをふくんだような顔で笑っている。

「ふぉふぉ、さては、大奥さまにお小言を頂戴なされたか」

「それがどうした」

「亀崎家のぼんが出世した件にござりましょう」

「ようわかったな」

「大奥さまは、朝から愚痴を漏らしておいでで。亀助め、よりによってなぜ、あやつが檜の間詰めなのじゃと仰せられ、薙刀をぶんぶん振りまわしておられましたぞ」

「母上は、生きる世をまちがえたのやもしれぬな」

「世が世なら、小十人組のひとつやふたつ従えておられたでありましょう」

「小十人組どころか、国ひとつ領していたやもしれぬ」

「そういえば、お亡くなりになった旦那さまもさように仰せでした」

「父上が」

「はい」

伝助は亡き父の顔を思い出して涙ぐみ、はっとして濁声をあげた。

「こうしてはおられぬ。若、一大事にござる」

「何だ、いったい」

「さきほど、人相風体《ふうてい》の怪しい者が訪ねてまいり、竹之進《たけのしん》さまの身柄を預かっておるゆえ、七両二分ばかり携《たずさ》えてすぐに来いと、ふてぶてしくも言いすてていきました」

六つちがいの厄介《やっかい》な弟がまたしても、揉め事を起こしてくれたらしい。

「何でも、いかがわしい四六見世に居座りつづけ、払う銭など一銭もないとうそぶいたあげく、強面《こわもて》の連中が巣くう夜鷹屋に引っぱられたとか。ふふ、竹之進さまらしいと申せば、それまでにござりますが」

笑い事ではない。

「穀潰《ごくつぶ》しめ」

竹之進は「とんちき亭とんま」などと名乗り、深川《ふかがわ》や両国柳橋《りょうごくやなぎばし》などの花街にしけこんでは芸妓と浮き名を流していた。みずから進んで役に就く気もなければ、他家の末期養子になる気もない。末子ゆえ、勝代から甘やかされて育ったせいか、気楽な部屋住み暮らしを謳歌《おうか》しており、市中で奇行をはたらいては迷惑沙汰を起こしてきた。

「若、どうなされる」

「金はないが、ともかく行ってみるか」

桃之進は勝代に悟られぬように身支度を済ませ、冠木門の外へ抜けだした。

六

ふたりがたどりついたさきは、昼なお暗い四谷鮫ヶ橋《さめがばし》谷丁、本所《ほんじょ》の吉田《よしだ》町ともども夜鷹の巣窟として知られる淫靡《いんび》な界隈《かいわい》である。

谷から東へのぼっていくと、紀州徳川家の海鼠塀に阻《はば》まれる。

塀の手前の坂をのぼれば、喰違御門に行きついた。

喰違御門といえば、首吊り侍。

何となく、因縁めいたものを感じる。

「伝助、表で待っておれ」

「はい」

薄暗い夜鷹屋の敷居をまたぐ。

案内の若い衆に招じられ、狭い廊下を渡って奥座敷に踏みこんだ。

強面の連中に囲まれながら、優男《やさおとこ》の竹之進がへらへら笑っている。

「やあ兄上、よくぞお出ましくだされた」

「黙れ」

ぴしゃりと叱りつけ、抱え主とおぼしき者を探す。

奥の襖障子が音もなく開き、寿老人《じゅろうじん》のような禿頭《とくとう》の大男があらわれた。

「葛籠桃之進さまですな。手前が夜鷹屋の主人、鮫肌《さめはだ》の与三郎《よさぶろう》でやす」

肌の色艶《いろつや》もよさそうだし、鮫肌にはみえぬ。

年は三十前後だろう。何百人からの夜鷹を抱える頭目にしては若い。

「ほう、おぬしが江戸を二分する元締めのひとりというわけか」

「滅相《めっそう》もない。あっしなんぞは小者でやすよ。江戸の吹きだまりで細々《ほそぼそ》と商いをやらせてもらっておりやす」

「商いだと」

「へへ、色を売るのも商いでござんしょう」

「つつもたせも商いの内か」

「おや、聞き捨てになりやせんね。あっしらは、これっぽっちも悪事をはたらいちゃおりやせんぜ。歯抜けだろうが、鼻無しだろうが、梅干し婆だろうが、夜鷹を抱いて金が払えねえとあっちゃ、黙って見過ごすわけにゃいかねえ。つつもたせかどうか、ご舎弟に聞いてごらんなさい」

「どうなんだ」

閻魔顔で糾《ただ》すと、竹之進は否定も肯定もしない。酔わされたついでに夜鷹を抱かされた気もするが、はっきりと覚えていないようだ。

「旦那、ほんとうなら、簀巻きにして大川へ抛っているところさ」

「なぜ、そうしない」

「そりゃ、一銭にもなりゃしねえからよ」

与三郎は刃物のような眸子を光らせ、ずいと身を寄せてくる。

「ふふ、葛籠さまは北町奉行所の与力であられるとか」

「いちおうな」

「それなら渡りに舟だ。与力の舎弟が酔った勢いで見知らぬ女を犯したとあっては、世間の聞こえも悪かろう。さあ、払うもんを払っていただきやしょう」

「金はない。脅しても無駄だ」

「おっと、そうきたか。へへ、だったら、長《なげ》えおつきあいでもさせてもらいやしょうかね」

「鮫肌よ、おぬしは勘違いをしておる。町奉行所の与力と申しても、わしには何ひとつ権限がない。何せ、金公事与力ゆえな」

「ふうん、金公事与力ねえ。そいつは平たく言えば、借りた金を返《けえ》さねえ太《ふて》え輩を懲《こ》らしめるお役目ですかい」

「懲らしめるのではない。半金返しで丸くおさめてやるのだ」

金公事とは、金銀貸借によって生ずる争いのことだ。貸し手の訴えがあまりに多くて煩雑《はんざつ》なため、八代将軍吉宗《よしむね》の御代から町奉行所では取りあつかわなくなった。

ところが、必要もないのに、なぜか金公事方だけは残された。

廃止し忘れたというはなしもあり、そのあたりの経緯《いきさつ》は判然としない。ともあれ、いつの時代にも金を借りて返さぬ不心得者は大勢いる。金を貸した者の多くは無駄な抵抗と知りつつも、藁をもつかむおもいで訴えを綴《つづ》る。

そうやって届けられた訴状のなかから、一日に一枚だけ、日の目をみる幸運な訴状があった。御用箱から適当なのを一枚抜き、所定の欄に記された当事者を呼びつけるのだ。後日、出頭した双方から事情を聞き、借り手に「いくらでもいいから返せ」と持ちかける。すると、たいていは半金程度の返済で落着した。

「貸したほうにも、騙《だま》された落ち度はある。欲得ずくで高い利子を吹っかけた負い目もあろう。鐚《びた》一文手にできず、泣き寝入りするよりましではないかと、そんなふうに諭《さと》せば、たいがいの者は渋々ながらも応じるものだ」

「なるほどねえ。ま、どっちにしろ、どうでもいい役目みてえだな」

「奉行所のなかでも、身の置きどころに困るほどでな。それゆえ、わしと長く付きあったところで、おぬしに益はひとつもないということさ」

与三郎は裾を捲り、役者のように見得を切る。

「痩《や》せても枯《か》れても、町奉行所の与力じゃねえか。四の五の言わず、舎弟の借金を払いやがれ」

「いくら何でも、七両二分は高すぎる。間男《まおとこ》の首代と同じではないか」

「うるせえ。払えねえってなら、兄弟揃って痛《いて》え目をみるぜ」

「そうきたか」

桃之進は、月代をぽりぽり掻きながら自嘲する。

「ずいぶんな脅されようだな。侍の権威も地に堕ちたものよ」

と、そこへ。

騒ぎを起こした張本人の竹之進が口を挟んだ。

「兄上、こやつらの言うとおりにせぬと、ちとまずいことになりますぞ」

酔わされたあげく、鼻も歯も無い夜鷹を抱かされた。そんなことが懇《ねんご》ろにしてる深川芸者の小梅《こうめ》にばれたら、ふたりの仲は冷えてしまうと、不肖《ふしょう》の弟は案じている。

「ほら、小梅ですよ。表櫓《おもてやぐら》の『花籠《はなかご》』で、兄上もお逢いしたあの、むしゃぶりつきたくなるような娘」

忘れもしない。頬のふっくらした十八、九の可愛らしい芸妓だ。肌の白さが際立っていて、三味線も唄も上手かった。何よりも、殿方を立てすごす気っ風の良さが婀娜《あだ》な印象を与えた。

あの娘なら、竹之進が惚れるのも無理はない。

「小梅に愛想を尽かされたら、わたしは生きていけません」

だったら、夜鷹なぞ買うなと言いたいが、叱ったところで悪癖は治るまい。

「いっそ、簀巻きにでもされちまうか」

「そんな。たったひとりの弟じゃありませんか」

「けっ、しおらしいことを言う。竹之進よ、おぬしにはさんざん迷惑を掛けられた。

母上を悲しませたくないおもいから助けてきたが、今日という今日は許さぬ。これを機に、兄弟の縁も切ってやる」

「そうはいかねえ」

大きな禿頭が、ぬっと近づいてきた。

「期限は五日だ。五日後の暮れ六つまでに金を払え。それができねえなら、舎弟の身を膾《なます》に刻んで大川へ抛りこんでやる」

ぴくっと、桃之進の利き手が動いた。

「おっと、抜くのかい」

与三郎が身構えると、手下どもも懐中に手を突っこむ。

匕首《あいくち》を呑んでいるのだ。

剣戟《けんげき》となれば、敵の掌中にある竹之進はまっさきに刺されよう。

自業自得と言えばそれまでだが、やはり、夜鷹屋で惨めな死に様を遂げさせるのは忍びない。

それに、落ち度はこちらにもある。

小悪党に騙されたほうが悪いのだ。

「抜かぬさ」

桃之進が肩の力を抜いた途端、竹之進がぷっと臭い屁を放った。

七

七両二分といえば、貧乏旗本にとっては大金だ。

横柄な札差《ふださし》を頼りたくはないし、勝代のへそくりもあてにはできない。

となれば、頼るべきはひとつ、日本橋で呉服商を営む絹の実家しかなかった。

義父の阿波野屋弥右衛門《あわのややえもん》は根っからの商売人で、娘を旗本に嫁がせることで店の格をあげようともくろんだものの、とんだもくろみちがいとなった。

何しろ、選んだ相手は甲斐《かい》性のない貧乏旗本にすぎぬ。あわよくば、政権中枢に鎮座する田沼意次と繋がりを持ち、幕府御用達《ごようたし》のお墨付きを得たいなどとおもっていたが、そんなことは夢のまた夢にほかならなかった。

「黙って頭を下げるしかあるまい」

桃之進は店の敷居をまたぎ、弥右衛門のすがたを探した。

「おや」

久しぶりに訪ねてみたが、奉公人たちの様子がおかしい。

忙《せわ》しなく人が出入りし、口々に喚《わめ》いている者などもいる。

弥右衛門のすがたもあった。

帳場格子に座り、泣き腫《は》らした目をしている。

「ごめん」

暢気《のんき》な顔で呼びかけると、弥右衛門は桃之進の顔をじっとみつめ、何も言わずに溜息を吐いた。

これが三月《みつき》ぶりに会った義理の息子にたいする態度かとおもえば腹も立つが、何やら拠所《よんどころ》ない事情がありそうだ。

「弥右衛門どの、何かあったのか」

「積荷が……ふ、風神丸の積荷が」

義父の弥右衛門は、喘ぐようにこぼす。

「積荷がどうした」

「水泡《みなわ》と……き、消えた」

数日前、上方で大量に仕入れた反物を積載した菱垣廻船の『風神丸』が相模灘で大時化《しけ》に遭い、沈んでしまったという。

「反物が届かねば、商いは滞《とどこお》る。いったい、どうすればよいのか」

店の浮沈にも関わる一大事に遭遇し、弥右衛門は対処すべき方法を探りかねているのだ。

慰《なぐさ》めようもない。ましてや、借金を申しこめる雰囲気ではなかった。

「されば、出直してこよう」

桃之進は一礼して踵《きびす》を返し、そそくさと店を出た。

「困ったはなしだ」

絹の実家が潰れでもしたら、葛籠家は支援元を失うことになる。

乏しい家計を救うべく、絹は盆暮れになるといつも実家へ生活費の援助を請うているのだ。

桃之進にはしかし、どうすることもできなかった。

海の藻屑と消えた反物を回収できるはずもない。

「とんだ災難だな」

他人事《ひとごと》のようにつぶやき、賑やかな日本橋の表通りをたどって八丁堀へ帰る。

いったい、どうやって七両二分を工面すべきか。

頭のなかは、それしかない。

いかに不肖な弟とはいえ、やはり、膾に刻まれて大川へ抛りこまれては可哀想だ。

「さて、どういたそうか」

あれこれ考えを巡らせながら自邸に戻ってみると、十五、六の武家娘が待っていた。

勝代がみずから応対し、客間で茶などを点《た》てている。

娘は畳に三つ指をついた。

「日野庄左衛門が娘、初《はつ》にございます」

丁寧に挨拶されても、ぴんとこない。

「日野どのの娘」

桃之進は首をかしげた。

「お忘れですか」

困った様子の初をなだめ、勝代が取りなした。

「葛籠家のご当主どのは何やら、よいことをなされたご様子。四谷の喰違御門にて、彦根藩の藩士日野庄左衛門どののお命をお助けになったのでしょう」

「ああ、あのときの」

首吊り侍の間抜け面が蘇ってくる。

「庄左衛門どのは、どうしておられる」

「それが」

と言ったきり、初は黙りこみ、下を向いて涙ぐんだ。

「いかがした」

「じつは、一昨日《おととい》より行方知れずとなっております」

「何だと」

五十両もの金だけを残し、書き置きも残さずに煙と消えてしまった。

納戸方の同僚や組頭にも行方を尋ね、捜してほしいと頼んでもみたが、迷惑がられ、願いを叶《かな》えてもらえそうにない。いろいろ悩んだあげく、藁にも縋《すが》りつきたい気持ちでやってきたのだという。

「このとおりでござります。父をお捜しいただけませぬか。なにとぞ、お願い申しあげます」

「何でわしが」

「父が申したのでござります。世の中で頼ることのできるお方はただひとり、八丁堀に住んでおられる葛籠桃之進さましかおらぬと。さように聞いておりましたもので、恥も外聞も顧みずにお伺いいたしました」

勝代が横から口添えする。

「母《かか》さまは長《なが》の患《わずら》いで床に臥《ふ》せっておられるそうな。それゆえ、初どのがみえられたのじゃ。聞けば、齢は梅之進と同じ十六。健気《けなげ》なことよのう。ご当主どの、初どのの願いを聞きとどけておあげなされ」

「はあ」

生返事をしたものの、正直、気が重い。

「これを」

初は油紙の包みを畳に滑らせた。

「彦根名物、近江牛の干し肉にござります」

「まあ」

勝代は眸子を輝かせた。

「娘のころ、一度だけ食したことがござります。何とも美味でのう、あの味は忘れがたいものじゃった。さようですか、近江牛の干し肉をなあ。桃之進よ、こうなれば是が非でも日野庄左衛門どのを捜しだしてさしあげねばなりませんぞ」

「どうか、お願いいたします」

初は茶を一服呑み、大役を果たしたような顔で去っていった。

桃之進は勝代に命じられ、門口まで見送ってやった。

「梅之進と同い年か」

楚々《そそ》とした後ろ姿が四つ辻の向こうに消えたのを確かめ、げっそりとした顔で振りむくと、梅の木陰に蒼白い顔の梅之進が佇んでいた。

「何だ、いつからそこにおった」

「ずっとです」

自室から外へ出てきただけでも珍しいことなので、ことばを接ぎそびれる。

梅之進は返事もせず、背を向けて去ろうとした。

「待て」

「何か」

「別に用事はないが、近頃どうじゃ」

「どうとは」

「道場へは通っておらぬのか」

「父上、わかりきったことをお聞きになられますな。道場へは行かずともよいと仰ったではありませんか」

「そうであったな。されば、漢籍の塾へは行っておるのか」

「やめました」

「すでに、四書五経はもとより孔子《こうし》に孟子《もうし》、孫子《そんし》など軍略書のたぐいも諳《そら》んじておりますゆえ、塾で学ぶものがござりません」

「え」

「ほほう、おぬしがそれほどの学問好きとはな」

偏屈《へんくつ》なところは死んだ兄によく似ていると、桃之進はおもった。

鼻筋の通った彫りの深い面立ちも、兄の面影を彷彿《ほうふつ》とさせる。

勝代が案じるのも無理はない。

虚弱な孫に死んだ長子のすがたを重ねあわせているのだ。

あらためて思いおこせば、義理の父とはいえ、息子に父親らしいことばのひとつも掛けたことがなかった。

申し訳ないという気持ちがはたらき、桃之進は唐突に問うた。

「梅之進、おぬし、将来は何になりたい」

「え。何です、いきなり」

「よいではないか。教えてくれ」

「何になりたいなどと、とりたてて望みはござりません。当家の長男であるかぎり、二百石なりのお役目から逃れられませぬゆえ」

小面憎《こづらにく》いやつだとはおもいつつも、口には出さない。

「されば、失礼いたします」

「ふむ」

去りかけて、梅之進は振りむいた。

「父上」

「ん、どうした」

「さきほどの娘、何をしにまいったのです」

「気になるのか」

「別に」

と言いつつも、梅之進は聞きたい素振りをする。

息子にも異性への関心があることを知り、桃之進は嬉しくなった。

「あの娘は初と申してな、父の日野庄左衛門どのが行方知れずとなったゆえ、捜してほしいと頼みにまいったのだ」

「なにゆえ、父上に」

「お婆《ばば》さまにも申しておらぬことだがな、日野庄左衛門どのは喰違御門の手前の松の木で首を縊《くく》ろうとしておった。たまさか通りかかったわしが助けたのを、恩に着てしまわれたらしい」

恩に着るだけならまだしも、首吊りに失敗《しくじ》った翌日、どこへ行くとも告げずに蒸発してしまった。

「それで、娘の初どのがこちらへ」

「ああ、そうだ。ほかに頼る者もおらぬという。迷惑なはなしさ」

「そうでしょうか」

「え」

「初どのは、藁にも縋るおもいでみえられたのです。そのおもいを、迷惑のひとことで片付けてよろしいのでしょうか」

屁理屈を述べたてる息子のことが、不思議でたまらない。

「梅之進、今日はよう喋るな」

「いけませぬか」

梅之進は赤くなって黙りこみ、一礼して背中を向けた。

待ってくれと、桃之進は胸の裡に叫ぶ。

いつか、おぬしと父子水入らずで酒を酌みかわしたい。

そうした夢を抱いたこともあった。

いつのまにか頼もしくなった梅之進の背中を眺め、桃之進はしばし感傷に浸《ひた》る。

それにしても、なぜ、初という娘に関心を抱いたのだろうか。

「理由は聞くだけ野暮かもな」

桃之進は眸子を細め、咲きほころんだ梅の花に語りかけた。

「梅之進初咲きの君は同い年。ふふ、一句できた」

さっそく、帳面に書きとめておかねばなるまい。

八

呉服橋御門内の北町奉行所に出仕しても、日野庄左衛門のことが頭から離れず、桃之進は中食を済ませたあと、適当な理由をつけて早退し、外桜田《そとさくらだ》にある彦根藩の上屋敷へ向かった。

日野の上役にあたる納戸方の組頭に面会を求めると、幸運にも組頭は会ってくれることになった。おそらく、町奉行所の与力を蔑《ないがし》ろにしたくない事情でもあるのだろうと勘ぐりつつ、案内役の若い藩士に導かれて長屋門に近い控えの間へ通される。

さすがに、藩主が大老をつとめる譜代の雄藩だけあって、屋敷の外観も内部のつくりも壮麗このうえない。

檜の匂いのする床の間を背にして暢気に待っていると、ひたひたと廊下をわたる足音が聞こえ、勢いよく襖障子が開かれた。

「お待たせいたした」

厳《いか》つい顔をみせたのは、猪首《いくび》の四十男である。

失礼の無いように、わざわざ裃《かみしも》を着用していた。

袴の裾をぱんと叩いて座り、朗々《ろうろう》と名乗りをあげる。

「林《はやし》十太夫《じゅうだゆう》にござる」

見掛けどおり、居丈高な態度だ。

油断のない仕種から推《お》すと、刀はかなり使える。

「北町奉行所からおいでになったと聞いたが」

「いかにも。金公事与力の葛籠桃之進にござる」

「金公事与力、ちと聞かぬお役だが」

「さもありましょう。町奉行所で金公事は扱わぬのが建前ですからな」

「扱っているとして、拙者に何かご用でも。座頭貸しや後家貸しに手を出したおぼえはござらぬが」

頬を強張らせたところをみると、嘘を吐《つ》いているのだろう。

「金公事の件でまいったのではありません。じつは、日野庄左衛門どののことで」

林は眉をひそめ、唸《うな》るように問うてくる。

「日野が何か」

「行方知れずになったのはご存じですな」

「たしかに、そのようなはなしは聞いたが、なにゆえ、町方の貴殿がお調べになられる。まさか、屍骸《むくろ》をみつけたのではあるまいな」

「あ、いや、ご心配なく。いまだ、日野どのは行方知れずにござる」

「されば、なにゆえ」

「近しい方から、捜してほしいとの願いがござってな」

「近しいと申せば、妻か娘」

「察するに、そちらが動こうとなされぬゆえ、町方を頼ったのではあるまいか」

「莫迦な」

「されば、お捜しになっておいでか」

「いいや。なにせ、誰に聞いても心当たりはないという。じつは、日野がおらぬようになって、われらも困っておるのだ」

「ほう、困っておられるのですか」

「あたりまえだ。藩士が役目を棄て、逐電《ちくでん》したのだからな」

「むしろ、厄介払いできたのでは。日野どのは納戸方でひどい仕打ちを受けていたと聞きましたぞ」

「誰に聞いたのだ」

「ご本人でござる」

桃之進が喰違御門での経緯を語ると、林は忌々《いまいま》しげに溜息を吐いた。

「部外者に恥を晒しおって。常日頃から役立たずの愚か者とおもうておったが、それほどまでの間抜けとはな」

「内々に、御役御免を申しわたしたと聞きましたが」

「脅しつけてやったまでさ」

「嘘を告げたと」

「真に受けるとはおもわなんだ」

「ひどいおひとだ」

「部外者の貴殿に言われたくはない。あやつは侍としては屑《くず》だが、ひとつだけ誰にもまねのできぬ特技を備えておってな」

「ほう。それは何です」

「献上肉の食べ頃を正確に把握しておる」

「え」

ふと、日野から貰った干し肉の味をおもいだす。

そういえば、あれは納戸方から盗んだ代物であった。

「ちとわかりにくいかもしれぬ。彦根領内では先祖代々より、牛を食する慣習がござってな、野面に肉牛を放って何頭も育てているのさ」

近江牛は強壮の薬として珍重され、折に触れては将軍家にも献上しなければならない。それゆえ、江戸藩邸にても干し肉を絶やしてはならず、肉の管理が大変なのだという。

「日野は牛舎育ちゆえ、牛のことなら誰よりも詳しい。ことに、献上肉は何日保つかを正確に答えねばならぬ。あやつしかわかる者がおらぬので、まことにもって不便なのさ」

「それをお伝えしておけばよかったものを。日野どのはあなた方から役立たずと詰られ、心を痛めたあげく、首を吊ろうとまでしたのですぞ。ひとこと、おぬしがおらぬと困ると、上役のあなたが言ってあげればよかったのです」

「余計なお世話だ」

林は激昂《げっこう》し、立ちあがって眸子を剝いた。

「日野ごときに付きあっているときではない」

「何か、不都合なことでもおありか」

「船が沈んだのさ」

「船」

「近江のお宝を積んだ菱垣廻船だ」

林は天井を睨み、苦々しく吐きすてる。

「くそっ、一攫千金《いっかくせんきん》の夢が消えたわ」

おもわず、本音を吐いてしまったかのようにみえたが、近江のお宝が何なのかは想像もつかない。

ただ、沈んだ菱垣廻船というのが気になった。

「ひょっとして、それは『風神丸』でござろうか」

「ん、なぜそれを」

驚いた林の顔は、猜疑《さいぎ》心のかたまりと化していた。

九

翌朝は雪になった。

陽気のさだまらぬ春先に降る雪は、湿り気をふくんだ牡丹《ぼたん》雪だ。

中食までには消える淡雪のなかを、継裃に福草履で歩く桃之進は蛇《じゃ》の目を差していた。

白い息を吐きながら従うのは、挟み箱を担いだ伝助であろう。

ふたりは八丁堀の屋敷を出て提灯横町を抜け、楓川《もみじ》に架かる海賊橋《かいぞく》を渡った。

桃之進はいつも、この橋を渡って出仕する。

なぜ、海賊橋と称するのかといえば、徳川幕府開闢《かいびゃく》当初、この辺りに「海賊衆」と呼ばれた水軍の猛者たちが屋敷を構えていたからだ。間宮《まみや》、九鬼《くき》、小浜《おばま》、小笠原といった伊勢《いせ》や熊野《くまの》や武田《たけだ》水軍の流れをくむ大名の屋敷が居並び、外敵への備えを固めていた。ほかにも、御船手《おふなて》四人衆と呼ばれた船手掛かりの屋敷もあった。四人衆の筆頭として海賊奉行に任じられた向井将監《むかいしょうげん》の名にちなみ、地の者たちは「将監橋」とも呼ぶ。

やがて、海賊衆は屋敷を移され、向井将監の屋敷も霊岸島《れいがん》の端へ移った。楓川の岸辺はすべて町屋に変わったものの、橋の名だけは生きのこっている。

桃之進は、日本橋南詰めの青物市場《やっちゃば》を突っきった。

市場の喧噪《けんそう》を背にして御濠《おほり》に向かい、突きあたりを曲がって呉服町へ、そこから呉服橋を渡って枡形の御門を通過すれば、左手正面に黒渋塗りの長屋門がみえてくる。

泣く子も黙る北町奉行所だった。

与力の出仕は、巳《み》の四つと遅い。

同心や小者たちは、一刻もまえに出仕しているので、人影はまばらだった。

伝助から弁当を受けとり、六尺棒を握った無愛想な門番と軽く挨拶を交わす。

厳めしげな長屋門を抜ければ、式台までつづく幅六尺の青石はうっすらと雪に覆われていた。小者たちが竹箒で掃いても追いつかず、周囲に敷きつめられた那智黒《なちぐろ》の砂利石も、高い塀際へ山形に積まれた天水桶の屋根も、すべて白一色に変わっている。

桃之進は、足袋《たび》を濡らして進んだ。

表玄関に一歩踏みこめば、檜の柱や羽目板から芳香が匂いたつ。

雪駄を抱いて長廊下を渡り、いったん中庭に出てから別棟へ向かう。

金公事方の控える用部屋は、蔵にしかみえない建物の南西角にあった。

ひんやりした土間の向こうに板間が敷かれ、手焙《あぶ》りがぽつんと置いてある。天井は高く、小窓はひとつしかない。

ほかの与力や同心たちは「冬は極寒地獄、夏は炎熱地獄」と莫迦にする。肩身の狭いおもいには馴れたが、黴《かび》臭い臭いだけは勘弁してほしかった。

手下には、阿呆な同心がふたりいる。

奥の柱に寄りかかり、朝っぱらから高鼾《いびき》を掻いている狸《たぬき》顔は、うっかり者の安島左内《やすじまさない》だ。そして、小机を前に端座している馬面は馬淵斧次郎《まぶちおのじろう》、特技は魚のように目を開けたまま眠ることである。

ふたりとも三十代なかばの働き盛り、妻子を抱えているにもかかわらず、働く意欲は欠片《かけら》もない。忠の心は忘れはて、奉仕の精神など微塵《みじん》も感じられず、のうらく者の目でみても「てんでだめなやつら」だった。

いつものことだ。もはや、憤りも感じない。

桃之進は溜息を吐き、わずかな光が射しこむ小机の前に座った。

黒漆塗《くろうるし》りの御用箱には、金公事の新たな訴状が山と積まれている。

訴状だけはこのように、一日で二、三十枚は集まった。抛っておけば、十日で二、三百枚は溜まる。百枚揃ったら右端に錐《きり》で穴をあけて綴《と》じ、棚の隅に積んでおく。訴状を入れておく御用箱は「屑箱」と呼ばれ、金公事方の用部屋は「芥溜《あくただまり》」と称され、暇《ひま》な連中は陰口をたたいていた。

訴状には貸借に関わる双方の氏素姓、賃借金額や期限が明記され、訴えの理由欄にはたいてい、借り手に「返済の意思なし」とのみ記されてある。

繰りかえすようだが、一日に一件だけ日の目をみる訴状があった。

洲走りの甚吉《じんきち》というひょっとこ顔の岡っ引きが、正門前の葦簀《よしず》掛けの茶屋に待機しており、命じれば訴状に記された借り手を捜す。

苦労のすえに捜しあてても、たいていの者は無い袖は振れぬと開きなおり、呼びだしを拒んだ。甚吉は脅したり賺《すか》したりして粘り、仕舞いには「逃げたら獄門台に送ってやる」と、耳元で殺し文句を囁《ささや》く。すると、借り手はほとんど例外なく、死人のような面で奉行所にあらわれた。

借り手と貸し手の双方が揃うと、交渉役の安島が「いくらでもいいから返せ」と口八丁で持ちかけ、たいていは半金程度の返済で落着させる。

あっぱれ、半金戻しの涙裁《さば》き。

安島は「三方一両損の大岡《おおおか》裁きにも比肩する」と胸を張ってみせた。

あいかわらず、狸顔は寝惚けたままだ。

他人の居眠りは伝播する。

訴状に目を通していると、睡魔が襲ってきた。

目を瞑れば、たちまち眠ってしまうにちがいない。

「我慢だ我慢」

呪文のように唱えつつ、舟を漕ぎはじめる。

「失礼つかまつる」

誰かの声で、はっと目を醒ました。

入口に人影がぽつんと立っている。

名は忘れたが、物書同心のひとりだ。

欠伸《あくび》を嚙《か》み殺して身構えると、物書同心は居ずまいを正した。

「漆原《うるしばら》さまより、御用部屋へまかりこすようにとの仰せにござります」

「え、また何で」

「さあ」

使いものにならない同心ふたりは、あきらかに寝たふりをしはじめる。

「詮方《せんかた》あるまい」

迷惑そうな物書同心に先導させ、桃之進は年番方筆頭与力の用部屋へ向かった。

漆原帯刀《たてわき》は切れ者と評判の人物、事務能力に長《た》けているので奉行の信頼も厚い。老中田沼意次の肝煎りで北町奉行所へ派遣されてきたとの噂もあり、それを裏付けるかのように、誰彼構わず公然と賄賂《まいない》を要求した。狷介《けんかい》な性分で、情を寄せる配下は無きに等しいものの、人事の裁量を握っているため、刃向かう者はいない。むしろ、何とか取りいろうと、御機嫌伺いに日参する者が多かった。

桃之進としては、関わりたくもない相手だ。

「恐れいります。金公事方の葛籠桃之進にござります」

ひと声掛けて用部屋に滑りこむと、狐《きつね》顔の漆原が待っていた。

「来たか葛籠。そこに座れ」

「はあ」

いつものような刺々《とげとげ》しさはみられず、親しげに笑みまでこぼしている。

「久方ぶりじゃのう。芥溜の居心地はどうじゃ」

「は。おかげさまで、つつがなくおつとめ申しあげております」

「それは皮肉か」

「滅相もござりませぬ」

「手下の腑抜けどもはどうじゃ。ひねもす、眠っておるのではあるまいな」

「何やかやと忙しくしておりますれば、ご安心を。なにせ、金公事訴訟は多うございますゆえ」

「訴えは多くとも、扱いは少なかろうが。まさか、一日一件ではあるまいな」

「え」

一瞬、返答に詰まったが、堂々と嘘を吐く。

「まさか、一日一件などと。いくら何でも、そこまで手を抜いてはおりませぬ」

「おぬしら、金公事を裁いてやった申立人から、それ相応の謝礼を受けとっておると聞いたが、まことか」

「まさか。誰がそのようなことを」

「壁に耳ありじゃ。とぼけずともよい。最初《はな》から謝礼をはずみそうな申立人の訴状を選んでおるのであろう」

「ご冗談を。さようなこと、この葛籠桃之進が許すはずもございませぬ」

桃之進は狼狽《うろた》えながら、声をひっくり返して弁明する。

「ふん、みっともない男じゃのう。咎《とが》めだてする気はないゆえ、安心せい。謝礼も役得のうち、薄給の平役人が生きのびる手管じゃ」

「はは」

かく言う漆原のもとへは、大身旗本や豪商どもが頻繁《ひんぱん》に訪れる。何か面倒事が勃《お》こったら内々に処理してほしいと、山吹色の餅が詰まった菓子折を携えてくるのだ。それだけではない。前田《まえだ》、島津《しまづ》、伊達《だて》といった錚々《そうそう》たる大名家からも付届はもたらされた。

付届は収賄とみなされず、役人が当然受けとるべき役得として、公式に認められている。

漆原のもとへは、いくつかの大名家から毎年きまった量の扶持米が届けられ、大名家に伺候《しこう》する際に着用する家紋入りの紋付き袴まで供されていた。たかだか役料二百三十石の与力が、噂では三千石を超える役得があるとも聞く。向島《むこうじま》辺りに豪勢な別宅を構えているとも、先物相場に大金を注ぎこんでいるとも噂され、事実、大身旗本並みの暮らしぶりを隠そうともしない。

豪勢な暮らしとは無縁の桃之進にしてみれば、羨ましいかぎりであった。

「町奉行所の与力は、やりようによってはいくらでも美味い汁が吸えるのだ。盆暮れの金馬代《きんば》に金刀代、喧嘩《けんか》仲裁や不祥事の揉《も》みけし料、悪所の目こぼし料に袖の下、何でもござれで蔵が建つ。清廉《せいれん》を気取って付届を拒んでおっては、暮らしむきがみじめになるだけのはなしじゃ」

「ま、のうらく者に何を語っても無駄であろうがな。ところで、池津屋幸兵衛《いけづやこうべえ》は存じておるか」

「池津屋と申せば、呉服を商う日本橋の大店《おおだな》でしょうか」

「そうじゃ。大奥の御用達でもある池津屋が、大奥の御年寄を介して御老中の田沼主殿頭さまに恐れ多い願い事をしおった」

「いかにも」

「願い事」

池津屋は上方《かみがた》で高価な反物を大量に求め、一千石積みの菱垣廻船に積んで江戸へ運ばせた。ところが、相模灘でその菱垣廻船が時化に遭って沈んだらしい。

何やら、同じようなはなしを聞いたことがある。

「菱垣廻船の名は『風神丸』じゃ」

「ほう」

まちがいない。絹の実家でも、彦根藩の藩邸を訪ねたときも、同じ荷船の名を耳にした。

「海難事故ということならば、池津屋も泣き寝入りするしかなかろうが、じつは正月早々にも同様の事故があったそうじゃ」

そのときもかなりの被害を受けた池津屋であったが、事故から数日後、上方で仕入れた反物の一部とおぼしき品が別の店で売りさばかれているのをみつけたという。

「確証はないが、池津屋は疑念を抱いた」

なぜ、荷船といっしょに沈んだはずの反物が市中で堂々と売られているのか。

ひょっとしたら、何者かが企図して海難事故を装ったのではあるまいか。

「そのあたりを探るようにと、御老中直々のお指図でな」

「はあ」

浮かぬ顔をしてみせると、すかさず漆原は食いついてきた。

「腑に落ちぬことでもあるのか」

「はあ。されば、ひとつだけ」

なにゆえ、御老中直々のご下命《かめい》を金公事方なんぞに命じるのか。

「わからぬか」

「はあ、さっぱり」

「ふふ、これは御奉行のご意向でもあってな」

「御奉行の」

「そうじゃ。海で勃こったことはすべて、御船手奉行たる向井将監さまのご裁量に任されておる。そこは餅は餅屋、先方の縄張りを荒らすわけにもいかぬ。さりながら、御老中のご下命をなおざりにもできぬゆえ、体裁だけはつくろっておかねばなるまいと、御奉行は仰せでな」

「体裁ですか」

「さよう、調べたふりをすればよい。役立たずのおぬしを選んだのは、そのためよ。むふふ、わかったか」

漆原は狐顔を醜く歪め、小莫迦にしたように笑う。

「大きい声では申せぬが、もはや、田沼さまの御代も終焉《しゅうえん》がみえておる。栄枯盛衰《えいこせいすい》は世の倣《なら》いとも言うしな、ここで田沼さまに盲従した姿勢をみせれば、後々、割を食うことになるやもしれぬ」

田沼意次のつぎに御政道の中核となる人物は、清廉潔白《せいれんけっぱく》な若き名君として知られる白河《しらかわ》藩の松平越中守定信《まつだいらえっちゅうのかみさだのぶ》と目されており、目端の利く連中は定信と関わりの深い御三卿の田安《たやす》家や一橋《ひとつばし》家などに日参しはじめていた。

田沼意次の肝煎りと噂される漆原が、担ぐ御輿《みこし》を替えようと必死になるのも無理はない。

こたびの調べも、そうしたねじくれた背景があってのことらしかった。

「たとい、荷船の一件を解決し、大奥や御用達商人に好い顔ができたとしても、肝心の田沼さまが幕閣におらぬようになったら元も子もないからのう。おぬしの弱いおつむでも、それしきのことはわかるであろう。よいか、向井将監さまにもお願いしておいたゆえ、適当なところで切りあげてこい。念を押すまでもなかろうが、この件に深入りするでないぞ」

「はは」

「わしの顔に泥を塗るようなまねだけはするな」

「呑みこみ山でござりまする」

桃之進は平伏し、用部屋から退出した。

早足で廊下を渡りながら、一句浮かぶ。

――閻魔顔泥を塗っても漆原。

もとより、面倒事に深入りする気など毛頭ないが、絹の実家も絡んでいるだけに何もしないわけにはいかない。

この件を解決すれば、義父弥右衛門の信頼を勝ちとることができるかもしれぬ。そうなれば、舎弟の竹之進を救うための金も、暮らしに困ったときの費用《ついえ》も都合してもらえよう。

無論、漆原には内緒で調べを進めねばなるまい。

はたして、そうした離れ業ができるのかどうか。

何はともあれ、間抜けな配下どもを起こすべく、桃之進は「芥溜」に向かった。

十

御船手奉行の手伝いなど聞いたことがないと、安島左内は憤慨してみせ、馬淵斧次郎は黙ってどこかへ消えた。

ともあれ、今日から御船手番所へ出向しなければならない。

御船手番所は奉行向井将監の拝領屋敷でもあり、鉄炮洲《てっぽうず》対岸の霊岸島にある。巷間では「将監番所」とも「将監屋敷」とも呼ばれていた。

亀島《かめじま》川沿いの河岸《かし》は「将監河岸」と呼ばれ、日本橋界隈にも「将監」と名付けられた橋や河岸はけっこう見受けられる。

向井家は先祖が大坂の陣で水軍を率いて出陣し、野田福島《のだふくしま》の戦いで豊臣水軍を蹴散らした。さらには、大坂湾の制海権を押さえるなどの手柄をあげ、御船手頭に任ぜられた。石高は当初の三千石から、相模や上総《かずさ》の所領を加えて六千石に加増され、旗本としては異例の出世を遂げたのである。

当主は代々「将監」を名乗り、御船手奉行の世襲を許されている。戦時には幕府水軍の中核となり、平時には荷船改めや海賊の成敗、遠島となった咎人《とがにん》の移送などもおこなっていた。また、向井家は造船の名手でもあり、旗印の「む」字幟《のぼり》を立てた幕府御座船を預かり、大川端に十数棟ある御船蔵の管理も任されている。

夕刻、安島とともに屋敷を訪れてみると、組頭の篠田《しのだ》喜重郎《きじゅうろう》なる鉢頭《はちあたま》のお調子者が応対にあらわれ、事情はすべて聞いており、近くの船宿に一席設けてあるから来てくれと誘われた。

船宿では沖の漁《いさ》り火がみえる二階の大広間に蝶足膳が並べられ、わざわざ深川から呼びよせた芸者衆や幇間《たいこもち》までが待ちかねたようにしている。

「ぬへへ、これは愉快」

安島は満面笑みとなり、浮かれたように踊りながら芸者衆のあいだに鎮座した。

「ささ、葛籠さまもこちらへ」

桃之進は船手役人たちに招かれ、上座に腰をおろす。

鉢頭の篠田が乾杯の音頭を取り、みなで盃《さかずき》をあげた。

「ようし、駆けつけ三杯じゃ」

うわばみの安島は酒を水のように流しこみ、芸者衆からやんやの喝采《かっさい》を浴びて嬉しそうだ。

桃之進も注がれれば盃を空けたが、どうも酔えない。

骨抜きにしてやろうという相手の魂胆が透けてみえ、まったく楽しめないのだ。

「もうおひと方ござられたな」

と、篠田が笑いかけてくる。

これには、安島が横から応じた。

「馬面の馬淵斧次郎というのがおりますが、下戸《げこ》でしてな、酒席には馴染《なじ》まんのですよ。どうか、お気にかけませぬよう。いずれ、すがたをあらわしましょうから」

「承知しました。されば、今宵はぱあっといきましょう」

「おほほ、さよう、ぱあっといきましょう。ぱあっとね、葛籠さま」

「ああ、そうしよう」

桃之進は仕方なく、安島の軽口に相槌を打った。

沈香の匂いをさせた芸者どもが左右に侍《はべ》り、艶めかしい仕種で酌をする。

幇間はつるんとした腹を晒し、剽《ひょう》げた臍《へそ》踊りを披露しはじめた。

「くにゃくにゃ、くにゃくにゃ、挟んで包んで、くにゃくにゃ」

三味線の伴奏が賑やかに追いかけ、卑猥《ひわい》な小唄が座を盛りあげる。

宴たけなわとなっても、桃之進はいっこうに酔うことができなかった。

漆原は「調べたふりをすればよい」と言った。それがために「役立たずのおぬしを選んだ」とも言い、莫迦にしたように笑った。

あいつめ。

抗うことのできない自分が情けない。

只酒を啖《くら》い、美味い魚をたらふく食い、芸者どもに胆を抜かれ、このままでは「肥えた豚」になってしまうであろう。

母勝代のことばが蘇ってくる。

――おまえさまに気概をもって生きてほしいのです。

武士の矜持《きょうじ》が欠片でも残っているなら、蝶足膳でもひっくり返して骨のあるところをみせてみろ。

できるわけがない。

かたわらで酌ばかりしている篠田喜重郎も、芸者たちと狐拳をやってはしゃぐ安島左内も、阿呆にしかみえなかった。

おそらく、鏡に映った自分の顔も、似たような阿呆面なのだろう。

町奉行所の体裁をつくろうために寄こされたのだ。余計なことは考えず、言われたとおりに流されてしまえば、これ以上楽なことはない。下手に動けば、首が飛ぶかもしれないのだ。立ちどまって考える必要はないし、敢えて火中の栗を拾いにいくことはない。

――左様、然からば、ごもっとも、そうでござるか、しかと存ぜぬ。

そうやって得意の台詞を胸の裡で繰りかえし、仕舞いまで阿呆面を通せばいい。

だが、ほんとうに、それでよいのか。

桃之進は自問自答しながら、ひとり黙然と盃をかさねた。

篠田が赤ら顔を近づけ、空の銚子をかたむけようとする。

「葛籠さま、お顔が仁王のようですぞ。いかがなされた」

水を向けられたので、ついでに問うてみた。

「篠田どの、わしらはなぜ、将監屋敷に呼ばれたのかな」

「はて、ようわかりませぬが、こたびは町方と船手方が協力して事に当たれということでは」

「事とは何かな」

「おや、ご存じない。されば、お教えいたしましょう」

篠田は太鼓腹を突きだし、にんまり笑う。

酒のせいで、口のまわりがよくなっているようだ。

「海猫《うみねこ》にござるよ」

「海猫」

「鳥ではござらぬ。海猫とは海賊の名でしてな」

「ほほう、海賊ねえ」

「首魁は軍内《ぐんない》と申します。毛むくじゃらで七尺余りの大男という噂ですが、誰ひとり目にした者はおりません。いずれにしろ、極悪人にまちがいはござらぬ」

手口は残忍きわまりなく、上方と江戸を行き来する菱垣廻船や樽廻船を襲い、積荷をことごとく奪ったのち、火を付けて乗員ごと沈めてしまうらしい。

「もしや、風神丸の一件も海猫の仕業だと」

「ご名答。金公事与力にしては頭が切れますな。あ、いや、失礼つかまつった」

「お気になさるな。さあ、つづきを」

「つづきはござらぬ。ともあれ、風神丸が時化に遭って沈没しただなどと、さようなこと、信じている者は船手役人のなかにひとりもおりませぬよ。ふはは」

豪快に嗤《わら》う篠田が、何やら頼もしくみえてきた。

「篠田どの、わしらもその海猫どもをみつけだし、捕らえねばならぬのですな」

「いや、はは、そこは餅は餅屋。海のことはお任せいただき、おふたりはのんびりと適当にお過ごしくだされ」

「のんびりと適当に」

「さよう。何もせずに禄を頂戴できるのですよ。願ったり叶ったりでしょう」

「されど、それでは忍びない」

「よいのです。ちょろちょろされても、邪魔になるだけですから」

「ちょろちょろ」

「いや、失礼。なにぶん、船手方の役目は多岐にわたっておりますので、ご協力いただかなくともけっこうです」

公方が鷹狩りにおもむく際は、御座船を操ってお供し、大川御成りや亀有《かめあり》御成りや小松川《こまつがわ》御成りなどには、仕切り役を司らねばならない。遠島の沙汰を受けた咎人を新島《にい じま》や三宅島《みやけじま》に送る役目は命懸けだし、水練指導などもやらねばならなかった。

新米を鍛える水練指導の厳しさはつとに有名で、しごきはしばしば度を超すものとなった。下戸にたらふく酒を呑ませて遠泳させたり、命に関わるような仕打ちもままあるという。

もちろん、桃之進は身内のことに口出しする気もないし、手柄をあげようともおもわない。

「手柄は適当につくってさしあげますから、面目が潰れる恐れはありませんよ。ま、おたがい、上の命とあれば、従わぬわけにもまいりますまい」

酒席を設けてお茶を濁すのも役目のうちと、顔に書いてある。

「ささ、どうぞ」

注がれてのどに流しこむ酒が、いっそう不味く感じられた。

安島はとみれば、きれいどころに囲まれて鼻の下を伸ばしている。

「のうらく者め」

桃之進は吐きすて、空の盃を抛りなげた。

十一

桃之進の不機嫌な態度が篠田喜重郎に不審を抱かせたのか、翌日からどこへ行くにも監視役が付けられた。

「おぬし、名は何と言うたかな」

「は、岡崎桂馬《おかざきけいま》と申します」

監視役は若い船手役人。宴席にも居たが、ほとんどめだっていなかった。精悍《せいかん》さは微塵《みじん》も感じられず、なよなよした様子が何とも頼りなげだ。

「葛籠さま、どちらへ行かれるのですか」

「妻の実家だ。日本橋で呉服屋を営んでおってな」

「まことですか。わたしの実家も京橋《きょうばし》で縫箔《ぬいはく》屋を営んでおります」

「商家出の養子か。どうりで、侍らしゅうないとおもうたわ」

「やはり、そうみえますか」

「みえる。刀など抜いたこともあるまい」

「はい。こうして大小を帯びていると重すぎて、歩くのもしんどいです」

実直そうな岡崎の態度に、桃之進は親しみを感じた。

ふたりは今、新川《しんかわ》河岸の一《いち》ノ橋を渡ろうとしている。

今朝も朝から雪催《ゆきもよ》いの空となったが、まだ白いものは落ちてこない。

川の両岸には酒問屋が軒を並べ、沖の樽廻船から下り物の酒樽を積んできた荷船がのんびり舳を向けていた。

岡崎がぽつりと漏らす。

「安島さまは、どちらへ行かれたのでしょうか」

「さあな。石川島《いしかわじま》の人足寄場を視察するとか言っておったが、ほんとうに行ったかどうかわからぬ」

「人足寄場ですか」

「安島左内はそのむかし、人足寄場詰でな」

「ほう。それがどうして、金公事方へ」

岡崎は息を詰め、ぎこちなく探りを入れてくる。

上役の篠田から、逐一報告するように命じられているのだろう。

桃之進は、素知らぬ顔で説明してやった。

「とある水玉人足が殺された。その一件を調べていくなかで、安島は人足頭とつるんで私腹を肥やすお偉方の存在に気づいたのだ」

「お偉方とは町奉行所の」

「年番方の筆頭与力さ」

「え」

「今はおらぬ。この世から消えた」

じつは、桃之進が成敗した。だが、以前は逆らう者とていない実力者で、安島は痛い目に遭うとわかっていながらも、厳しく追及する姿勢をみせた。

「あの安島さまが」

「みえぬであろう」

「それで、どうなったのですか」

「所詮《しょせん》、勝てる喧嘩ではなかった。人足寄場詰から干され、金公事蔵へ放りこまれたのさ。放りこまれた時点で底意地をみせ、腹を切ることもできた。されど、安島にも養うべき妻子がある。牙《きば》を抜かれても、扶持米は貰えるのだ。悩んだあげく、そっちの道を選ぶしかなかったのさ」

「でも、理不尽な決定を下した上役は亡くなったのでしょう」

「ああ、天の報いを受けた。ところが、上役は死んでも、安島が蔵から出されることはなかった。いったん見捨てた者を引きあげるほど、町奉行所も甘くない。やがて、あきらめが安島の心を占めたころ、のうらく者のわしが勘定所から左遷されてきたというわけさ」

「なるほど」

岡崎は感じるところがあるのか、面を紅潮させる。

「骨のある方だったのですね」

「人は見掛けによらぬというからな。もっとも、安島が上役に逆らったのは七年もまえのはなしだ。あやつ、長きにわたる穴蔵生活で、すっかり骨抜きにされちまったようだぞ」

「残念です」

「どうして」

「わたしは御屋敷に出仕して二年になりますが、いまだ武士の矜持を抱いた方に出逢ったことがありません」

「ほう」

感情をあらわにする岡崎に向かって、桃之進は目を細めた。

「どなたもご自分のお立場を守ることに汲々《きゆうきゆう》とされており、沽券《こけん》にかけても悪事をあばこうとか、命懸けで賊を捕まえようとか、そうしたことはこれっぽっちもお考えにならない」

その最たるものが、役得と称する袖の下だという。

「詳しいことは教えてもらえませんが、諸先輩方のなかには抜け荷を見逃している方もおられるに相違ない。わたしは商家の出です。幼いころより、武士とは清廉なものだと聞かされ、そう信じてきました。武士に憧れを抱いていたのです。されど、それは大きな勘違いにすぎなかった……すみません。つい、喋りすぎてしまいました」

「よいのだ。おぬしの気持ちもわからんではない。されどな、物事にはかならず表と裏がある。表だけをみて、誰かのことを安易に判断してはならぬ。ふだんは弱々しくみえても、いざというときに奮いたつ者もいる。むしろ、そちらのほうが武士というものかもしれぬ」

「はあ」

岡崎はよく理解できないようで、生返事をする。

そのうちにわかるさと、桃之進は胸の裡で諭してやった。

ふたりは肩を並べ、日本橋の本町三丁目までやってきた。

薬種問屋が軒を並べる狭間に『阿波野屋』の屋根看板が覗いている。

「あれですか」

「ふむ、あれだ」

「しかし、どうしてまた、ご実家へ」

「根掘り葉掘り聞くのう。篠田喜重郎に報告するためか」

「いえ、そういうわけでは」

「隠さずともよい。ありのまま報告すればいいさ。わしはな、金を借りにきたのだ。

明後日の暮れ六つまで七両二分が工面できねば、たったひとりの舎弟が膾斬りにされる。そういう厄介な事情があってな」

「それは困った事情ですね」

敷居をまたぐと、店は以前の活気を取りもどしつつあった。

「おや、葛籠さま」

義父の弥右衛門が帳場格子から這いだしてくる。

顔の色艶も、先日よりは格段にいい。

「おかげさまで、資金繰りが整いましてね」

「それはよかった」

「あの、そちらさまは」

弥右衛門は岡崎にたいして、警戒するような眼差しを送る。

「将監屋敷の若手同心さ。ともに、例の相模灘で沈没した風神丸の一件を調べておるのよ」

「おや、風神丸を。それはご苦労さまです。ささ、どうぞ」

招じられた上がり端に腰をおろすと、機転の利く小僧が茶を出してくれた。

桃之進はずるっと緑茶を啜《すす》り、おもむろに喋りだす。

「弥右衛門どの、つかぬことを聞くが、海に沈んだはずの反物が戻ってきたらどうする」

「え。仰る意味がわかりません」

「まんがいちのはなしだ。失ったはずの荷が戻ってきたら、やはり、嬉しいのであろうな」

「それはもう、神隠しに遭った我が子を取りもどしたようなもので、嬉しさの余り卒倒するかもしれませんよ。ほほ」

「なるほど、それほどのものか」

「されど、奇蹟でも起こらぬかぎり、荷が戻ることはありますまい。ようやく、あきらめもついたところにござります」

「あきらめるのは、まだ早いかもしれぬぞ」

「え、どういうことです」

「じつはな、風神丸は沈んでおらぬやもしれぬ」

「げっ、まことですか」

「しっ、大きい声を出すな。まだ調べのついておらぬはなしだ。風神丸は高波に呑まれたのではなく、海賊に襲われた公算が大きい。船体は沈められても、荷は無事かもしれぬということだ。荷が市場に出まわるまでには、まだしばらくのときがある。そのあいだに賊を捕まえることができれば、高価な反物を取りもどすことができるやもしれぬということさ」

「葛籠さま」

弥右衛門は膝を躙《にじ》りよせ、桃之進の両手を握ろうとする。

「どうか、どうか、荷を取りもどしてくだされ。あなたさまは勘定所におられるときからうだつがあがらず、のうらく者などと莫迦にされておりました。わたしはそのたんびに口惜しいおもいを抱いていたのです。あなたは、世間さまがおもっているほど能無しではない。それに、情も厚い。なにせ、お亡くなりになった杉之進さまのもとへ嫁いだ絹を貰ってくれた。傷心のあれを救ってくれた真心のお優しいお方だ。きっといつか、大きく花開いてくださるであろうことを、心の底から願っておりましたぞ。さようですか。風神丸の一件で大手柄を立てられ、一足飛びにご出世なさるおつもりですな。いや、はは、その心意気や、あっぱれ。阿波野屋弥右衛門、感無量にござりまする」

弥右衛門は講談師のように喋りつづけ、仕舞いには感極まって泣きだす始末。桃之進もここまでの展開になるとは予想もしていなかったので、かたわらで呆気《あっけ》に取られる岡崎に苦笑いを浮かべてみせるしかなかった。

「ところで、弥右衛門どの」

「はい、何でしょう」

「じつはな、折りいって頼みがある。理由は言えぬが、七両二分ほど工面してもらえぬだろうか」

「なるほど、風神丸の一件を調べるのに、いろいろと持ち出しがあるのでしょう。すべては隠密行動ゆえ、詳細はあきらかにできない。そういうわけですな」

「まあ、平たく言えばそういうわけだ」

桃之進は横を向いて舌を出したが、涙目の義父は気づかない。

「ようござります。手前も日本橋本町に店を構える呉服屋の主人、お好きなだけお貸しいたしましょう。ただし、かならずや賊を捕らえ、荷を取り戻してくだされ。吉報をお待ち申しあげておりますぞ」

燧石《ひうちいし》まで切り、ひとりで勝手に盛りあがる義父に後ろめたい気持ちを抱きつつも、桃之進は貰うものだけ貰って店をあとにする。

「葛籠さま、本気で海猫一味を捕らえるおつもりですか」

岡崎桂馬が、不安げに問うてきた。

「無理であろうな」

桃之進はあっさり応じ、後ろもみずに歩きだした。

十二

日野庄左衛門を捜しあてるのに何の意味があるのかと、梅之進は自問自答を繰りかえした。

初という娘のためにすることだ。

父と娘が邂逅《かいこう》を果たし、ふたたびまた、つつがない日々の暮らしを取りもどしてほしい。と、強く願ってはいたが、なぜ、そうしたことにまったく関心をしめさなかった自分が行動を起こすまでにいたったのか、そのあたりをきちんと整理できてはいない。

梅之進の明晰《めいせき》な頭脳は誰もが納得する解答を求めたが、いくら考えてもわからなかった。

それは恋だと聞かされたところで、とうてい理解できないだろう。

久しぶりに仰ぐ江戸の空は、厚い雲に閉ざされていた。

釈迦入滅《しやかにゆうめつ》の涅槃会《ねはんえ》が終わるまで、春の陽気はさだまる気配もない。

雪涅槃ということばどおり、春分までは雪の降る日も一日ならずある。

だが、突きぬけるような青空を好まぬ梅之進にとって、歩きまわるにはちょうどよかった。

辻々には紅色の椿《つばき》が咲きほこり、梅の香もほんのり漂ってくる。

寺社の境内《けいだい》に踏みこむと、巣づくりをはじめた雀たちが喧《かまびす》しい。

初午《はつうま》の太鼓売りを見掛ければ、幼き日、父に肩車をしてもらい、稲荷明神の祭を目にした思い出が蘇ってくる。

「……父上」

梅之進にとって、父はあくまでも天に召された杉之進のことであった。

けっして、弟の桃之進ではない。

なるほど、悪い人間でないことはわかっているし、嫌いではないのだが、父として敬《うやま》ったり、甘えてみたいとはおもわなかった。

父の弟のもとへ嫁いだ母の絹は、もはや、梅之進にとって母ではない。泣いて憐《あわ》れみを請おうとも、赦《ゆる》す気はなかった。さらに、妹の香苗については、同居している我《わ》が儘《まま》な娘という以外、何ひとつおもうことはない。

ただ、祖母の勝代だけは別だった。厳格すぎるところが鬱陶《うっとう》しいものの、勝代を悲しませるようなことだけはしたくなかった。

それともうひとり、叔父の竹之進については、ただの阿呆だとおもっている。語ることばもない。

梅之進は山下御門を抜け、外桜田の大路を西へ向かっていた。

かなり勾配のきつい道の左右は大名屋敷の海鼠塀が延々とつづき、塀の途切れた頂上でぱっと視界がひらけた。

霞《かすみ》ヶ関《せき》。

好天ならば、富士山を南西の彼方に望む名所だ。

坂を下って永田町の武家屋敷を突っきり、赤坂へ向かう。

赤坂御門の手前を通りすぎ、さらに西へ向かって突きあたったところで左手に曲がった。

そこから高みに向かう上り坂は、紀尾井坂である。

左手にぐるりと巡っている海鼠塀は、彦根藩井伊家のものだ。

坂の頂上にたどりつけば、正面に喰違御門が聳えたっている。

梅之進は足を止め、一本の松に目をやった。

太い枝から酒林がぶらさがっている。

日野庄左衛門が首を吊ったのは、あの枝であろうか。

周囲をきょろきょろみまわし、痕跡らしきものを探す。

通過する人影も少なく、見咎める者とていない。

梅之進は屈みこみ、荒縄の切れ端を拾いあげた。

「ここか」

見上げた松の太い枝にも、荒縄の切れ端がぶらさがっている。

よくも、あんな高いところまで登ったものだな。

感心していると、安っぽい白粉《おしろい》の匂いが近づいてきた。

「あんた、何してんだい」

手拭いで顔をすっぽり覆った女の目が、見下すように笑っている。

「あんた、ひとを捜してんだろう」

「どうして、そうおもうのですか」

「ここを彷徨《うろつ》くやつは、首を吊りたいか、首を吊って失敗ったやつを捜したいか、ふたつにひとつさ。あたしに言わせりゃ、あんたはまだ洟垂《はなた》れだ。首を吊るようにはみえない」

梅之進は肩に力を入れ、足を前後にひらいて身構えた。

「安心をし。取って食おうってわけじゃない。お察しのとおり、あたしゃ夜鷹さ。昼間みたら化け物だよ。でもね、あんたの様子を窺っていたら、放っておけなくなったのさ。ふひひ、その荒縄で首を吊ったお侍を捜してんのかい」

梅之進がこっくりうなずくと、夜鷹は身を寄せてきた。

「うぶな若さまだこと。そこで首を吊ったのは彦根藩のお侍でね、案の定、失敗って別のお侍に助けてもらったのさ」

「助けた侍の人相風体、おぼえておいでか」

「下がり眉にちっちゃい目、曲がり鼻におちょぼ口、風采のあがらない小役人だよ」

まちがいない。養父の桃之進だ。

夜鷹は梅之進の反応を楽しむかのように、早口で喋りつづける。

「紀尾井坂の中途で誘ってやったのさ。ちょいと遊んでいかないかってね。取りあわなかったけど、遊びたそうな面してたから、あとを追いかけたんだ。そうしたら、いきなり松の木の上から、首吊り侍が落ちてきた。あたしゃ腰を抜かしかけたよ。でもね、このはなしにゃつづきがある。聞きたいかい。百文めぐんでくれたら、教えてやってもいいよ」

言われたとおり、梅之進は夜鷹の手に百文を渡した。

「何日か経ってからのはなしだけど、死ねなかった御本尊が同じ松の木の下へあらわれたのさ」

「え、まことですか」

「嘘でも見間違えでもないよ。あたしゃ、この道三十年の夜鷹さ。一度目にした相手の顔はぜったいに忘れやしない」

「でも、何で戻ってきたのでしょう」

「さあね。下手人は人を殺したところへ戻ってくるって聞いたことがあるけど、それに似たようなものかも」

首吊り侍は松の木をじっと見上げ、嗚咽《おえつ》を漏らしはじめた。

「死ねない、死ねないと、そんなふうに聞こえたよ」

「で、その方はどうなったのです」

「聞きたいかい。だったら、あと百文」

差しだされた汚れた掌《てのひら》に銭を置くと、夜鷹は得意気につづけた。

「女といっしょだったのさ。ありゃ堅気《かたぎ》の女じゃない。ふたりは腕を組んで、いそいそと紀尾井坂を下っていったのさ」

侍が日野庄左衛門だったとしたら、謎の女に誘われ、そのまま行方知れずになったとも考えられる。

「嘘じゃないよ」

「まさか」

梅之進の心は、ざわめきはじめた。

「ところで、あんた、あのお侍の何なんだい」

「助けたほうの小役人の子です」

「へえ、あの小役人の。似てないねえ。あんたのほうが、ずっとましだよ」

「それはどうも」

「良い男だから、女の素姓を教えたげる」

「え、ご存じなのですか」

「まあね。はい、あと百文」

夜鷹は、当然のように手を差しだす。

仕方なく、梅之進は銭を置いた。

「あれは金猫だよ」

「金猫」

「本所の回向院辺りで春をひさぐ売女さ。ふん、金一分もふんだくりやがって、良いご身分の連中だよ。あの女、もともとは夜鷹屋のお抱えでね、鮫肌の与三郎ってやつの囲い者だって聞いたことがある」

鮫肌の与三郎が江戸を二分する夜鷹屋の元締めで、叔父の竹之進を塡《は》めた人物であることなど、梅之進は知るはずもない。

「つい先だっても、鉄炮洲の波よけ稲荷で目にしたのさ。だから、みまちがえなかったんだ。あの女、お稲荷さんの境内で何をしてたとおもう。罰当たりにも、絵馬を盗んでいたのさ」

「絵馬を」

「ああ、この目ではっきりみたんだ。盗んだ絵馬を懐中に入れ、闇の向こうに駆けていっちまった。ひょっとしたら、あの女、物の怪かもしれないねえ。ふひひ、恐いのかい」

顔を近づけた拍子に、手拭いの頰被りがはらりと解けた。

「あ」

鼻の無い皺顔があらわになる。

「うえっ」

仰天した梅之進は地べたに尻餅をつき、這うように起きあがると、紀尾井坂の急勾配をまっしぐらに駆けおりていった。

十三

翌日、翌々日と、岡崎桂馬はどこに行くにも金魚の糞のように従《つ》いてきた。

桃之進は何か目的があって歩いているようにはみえず、矢場をひやかしたり、繁華な門前や広小路を彷徨いたり、そうかとおもえば、三味線堀や薬研堀で釣り糸を垂れてみたりしている。

ただ、桃之進の頭にはいつも、行方知れずとなった日野庄左衛門のことがあった。それとなく、おもいあたったさきへ出向いては、さりげなく日野のことを聞いてまわっていたが、岡崎の目には安閑として無意味な一日を過ごしているふうにしかみえなかった。

ふたりは今、永代《えいたい》橋西詰の土手に立ち、雪解けで嵩《かさ》を増した大川に木流しの筏《いかだ》が流れる風景を眺めている。

鬢《びん》を擽《くすぐ》る川風は気持ちよく、うららかな春を予感させる陽気だった。

「おぬし、いつまで従いてくる気だ」

「お嫌ですか」

「いささか、鬱陶しいな」

「されど、ほかに役目もありません」

「それなら、海猫でも捜すとするか」

「え」

冗談で発したつもりであったが、岡崎は真に受け、おもいがけないことを言う。

「ようやく、本気になっていただけましたか。このときを待っておりました」

「眸子を爛々とさせよって、大袈裟なやつだな」

「御船手方のなかには相談できる方もおられません。是非、葛籠さまに聞いていただきたいことがござります」

「聞くだけならいくらでも聞くが、わしでよいのか」

「無論です。いっしょに過ごさせていただき、お人柄がようくわかりました。葛籠さまは、誠実なお方です」

「おいおい、そんなことがどうしてわかる」

「じつのおとっつあんが、いつも言っておりました。空に流れる白い雲を追いかけては喜び、道端に咲く名もなき花を愛でては微笑む。誰彼となくにこやかに挨拶を交わし、けっして腹を立てたりしない。そうしたおひとは生まれつき、澄んだ心を持っておられる。嘘を吐かず、裏切らず、誠実な心を持ったおひとだと、おとっつあんに教えられたのです」

「それが、わしだと抜かすのか」

「はい」

「褒《ほ》められて悪い気はせぬが、ちと買いかぶりすぎだ。それにしても、立派な父上だな」

「はい」

京橋の縫箔屋《ぬいはく》から養子に出されたのは、十三の春だったという。

賄賂をせっせと貯めて隠居した小役人の養父よりも、血の繋がった実父のほうにおもいが深いのだ。

「ちと付きあえ」

桃之進は川端の手頃な居酒屋に岡崎を誘い、衝立《ついたて》で仕切られた席に腰を落ちつけると、酒と肴を注文した。

「さあ、呑め」

「はい」

一合上戸の岡崎は、一杯呑んで茹《ゆ》で蛸《だこ》になり、舌のまわりも滑《なめ》らかに喋りだす。

「葛籠さま、何でも聞いていただけますな」

「あたりまえだ」

「されば、海猫に繋がるはなしをお教えつかまつろう」

「おう、頼む。つかまつってくれ」

「怪《け》しからぬのは、組頭どのにござります」

「組頭とは、篠田喜重郎どののことか」

「いかにも。近頃、ずいぶん金まわりがよくなったご様子。じつは、妾《めかけ》までいるのです。船手役人の薄給で、妾が囲えるとおもいますか」

「小悪党どもから袖の下でも貰っておるのだろう。されど、篠田と海猫とがどう結びつく」

「篠田さまは真夜中に人目を忍び、鉄炮洲の波よけ稲荷に何度か参られたことがありました。翌日になるとかならず、上方からの荷船が海猫一味に襲われたのです。きっと、篠田さまは一味と通じている。わたしには、そうとしかおもえません」

「それだけか」

「はい」

「憶測にすぎぬな。船手役人が海賊と裏で通じているなど、とうてい信じがたいはなしだ」

「やはり、葛籠さまもお信じになられませぬか」

「ほかにも、誰かに喋ったのか」

「はい、三人ばかり。一笑に付されました」

「能天気なやつめ。そのようなだいじを、ぺらぺら言いふらすのはやめろ」

「どうしてです」

「命を縮《ちぢ》めるからさ」

「まさか」

「口は災《わざわ》いの元。そのことばを肝に銘じておけ」

「はあ」

不満そうに口を尖らせる岡崎に向かい、桃之進はにこっと笑いかけた。

「信じられぬはなしではあるが、確かめてみる価値はあるかもしれぬ」

「そうでしょう」

「篠田が妾を囲っているさきは」

「もちろん、わかっておりますよ」

「善は急げだ」

桃之進は床几《しょうぎ》に小銭を置き、やおら立ちあがる。

ふたりは居酒屋を出て、土手下の桟橋に向かった。

小舟を仕立てて大川を斜めに突っきり、深川佐賀《さが》町の油堀に進入する。

掘割を経巡り、木の香りが漂う島田《しまだ》町で陸へあがった。

「このあたりか」

「はい。篠田さまは舟を使わず、いつも永代橋を渡って徒歩《かち》で通ってこられます」

「よくぞ、あとを尾《つ》ける気になったな」

「商家出ということで、いつも莫迦にされておりました」

口惜しくて、何とか弱味を握ってやろうとおもったらしい。

屈折したおもいが執拗《しつよう》な行動に駆りたて、おもいがけない秘密にたどりつくことができた。

島田町は、妾宅の多いことで知られている。

黒板塀に囲まれた豪商たちの妾宅が軒を並べる一角に、船手役人の妾宅もあった。

「驚きだな。篠田どのはあの家に通っておるのか」

「はい。五日に一度は通っています」

「おぬしの言うことが真実なら、ちょっとした袖の下どころでは賄《まかな》えそうにないな」

「やはり、海猫と通じているのですよ」

桃之進は、周囲をきょろきょろみまわした。

妾宅ばかりなので、日中は通う人影もない。

「葛籠さま、どうかなされましたか」

「はなしの聞ける者はおらぬかとおもってな」

「辻向こうに十九文見世があります。梅干し婆さんがひとりで店番をやっていますけど、耳が遠いらしくて何を聞いても応じてくれません」

「なるほど」

桃之進はゆったり歩を進め、辻向こうへ歩を進めた。

埃《ほこり》まみれのがらくたを商う古い二階屋がある。

品物は売れないので、二階を男女の逢い引きに貸すことで口を糊《のり》している曖昧《あいまい》屋のようだった。

小さくなった梅干し婆が、正面の板の間にちょこんと座っている。

「まるで、招き猫だな。御利益がありそうだ」

桃之進は敷居をまたぎ、聞こえよがしに言った。

婆は少しも反応せず、置物のように座ったきりだ。

「ほれ、口が滑らかになる賽銭《さいせん》だ」

桃之進は一朱金を袖で磨き、床にことりと置いた。

婆は薄目を開ける。

すかさず、尋ねかけた。

「船手役人の妾、素姓を知らぬか」

一朱金をもう一枚重ねると、婆は面倒くさそうに口を開く。

「ありゃ、金猫さあ」

「ほう。回向院の金猫かい。名は」

「おけい。たしか、そんな名だよ」

ずいぶん嗄れた声で、聞きとりにくい。

桃之進は耳を近づけ、三枚目の一朱金を重ねた。

「おけいの抱え主は」

「坊主頭の大男だよ」

「ほう、坊主頭の」

「鮫ヶ橋の夜鷹屋さ」

「なるほど、そうかい。ありがとうよ」

桃之進は丁寧に礼を言い、くるっと踵を返す。

梅干し婆は唇をすぼめ、目にも止まらぬ素早さで一朱金を懐中に入れた。

つぎの瞬間には、何事もなかったように、うたた寝をしはじめる。

岡崎が後ろから、急いたように聞いてくる。

「葛籠さま、三朱も使ってよろしいのですか」

「よろしかないが、背に腹は替えられぬ。だろ」

「もっとほかに聞きだすことがあったんじゃ」

「いいや。抱え主の正体がわかりゃそれでいい」

「鮫ヶ橋の夜鷹屋というだけで、わかったのですか」

「ああ、鮫肌の与三郎だ。婆さんのおかげで、今日が弟の首代の期限だってのを思い出した」

与三郎の風貌を教えてやると、岡崎は目を丸くした。

「篠田さまの妾の抱え主が、弟さんを罠に塡めた悪党だったなんて、これこそ天のお導きですね」

「かもな」

暮れ六つまでに七両二分払わねば、竹之進は鱠に刻まれてしまう。

「あと半刻しかありませんよ」

「いかん。こうしちゃおられぬ」

ふたりは掘割で待つ猪牙《ちょき》に飛びのり、夕照を映す油堀から躍りでて、ふたたび、大川を突っきった。

対岸に降りたったあとは、芝口《しばぐち》の辺りから二挺の早駕籠を仕立て、駕籠かきの掛け声も「あんほう、あんほう」と軽やかに、薄闇に閉ざされゆく鮫ヶ橋谷丁の谷底にたどりついた。

十四

――ごおん、ごおん。

暮れ六つの鐘が鳴りおわったとき、ふたりは夜鷹屋の敷居をまたいだ。

「たのもう、たのもう」

桃之進が呼びかけると強面の若い衆があらわれ、ふっと笑いかける。

「これは葛籠さまで。元締めが首を長くしてお待ちかねでやす」

「案内しろ」

「あの、そちらは」

「立会人だ。文句はあるまい」

「へい」

先日同様、奥座敷へ導かれていくと、禿頭の大男が手下どもを従えて待ちかまえていた。

竹之進は部屋の片隅に座らせられ、目付きの鋭い手下がひとり控えていた。

おもったよりも顔色はよく、責め苦を受けた形跡もない。

「飯はたらふく食いやがるし、もりもり糞《くそ》もしやがる。あんたの舎弟は自分が囚われの身だってことを、すっかり忘れちまっているらしいぜ」

「こっちも忘れるところだった。さあ、ちゃっちゃと済ませよう」

「おっと待て」

「どうした」

「約束は暮れ六つまでだったな。あんたが夜鷹屋の敷居をまたいだのは、鐘が鳴ったあとだ」

「それで」

「期限を過ぎたら、利息も躍りあがるって寸法よ」

「どういうことだ」

「へへ、七両二分の倍払ってもらおう」

「なるほど、この期に及んで難癖か」

桃之進は静かにこぼし、顔色ひとつ変えない。

これを目に止め、竹之進が「くくく」と笑った。

「この野郎」

手下が拳を固め、撲《なぐ》りつけようとする。

竹之進はすかさず、語気を荒げた。

「拳一発は一両だぜ。借金から差っ引くからな」

「何だと、てめえ。自分の立場がわかってんのか」

「そのことば、そっくりそのまま返してやるよ。なあ、与三郎。おれも今の今までこの黴《かび》臭え部屋んなかで我慢してやったが、これ以上吹っかけようってなら黙っちゃいられねえ」

竹之進は鯔背《いなせ》でも気取っているのか、べらんめえ調で立て板に水のごとく喋りつづける。

「与三郎よ、てめえが面と向かっているおひとはな、江戸でも三指にはいる凄腕の剣客なんだぜ」

「ぷっ、そうきたか」

与三郎は吹きだし、手下どもは腹を抱えて笑う。

「おいおい、聞いたか。風采のあがらねえ金公事与力が剣客なんだってよ。誰がどう眺めても、そいつを信じろってのは無理がある。おれは調べたんだぜ。あんたは与力の看板を背負っちゃいるが、役立たずの甲斐性無しだ。のうらく者って呼ばれているそうじゃねえか。へへ、北町奉行所にも知りあいはいるんだぜ。けっこう身分の高えほうにもな。たっぷり鼻薬を嗅がせりゃ、のうらく者の首くれえ飛ばすことは造作もねえ。どっちにしろ、あんたみてえな下がり眉の間抜け面が、凄腕であるはずはねえんだ。腰の刀も、どうせ竹光だろうよ」

「それは孫六兼元さ」

と、竹之進が口を挟む。

「葛籠家のご先祖が、公方さまから頂戴した宝刀でな」

「ほほう、ずいぶん念の入ったはなしじゃねえか」

与三郎はぎろりと目を剝き、桃之進のほうへ大きな顔を近づけてくる。

「ふん、涼しい目でみやがって。どうせ、はったりなんだろう」

「はったりではない。弟の言ったことは真実だ。この間合いなら、ひと呼吸でおぬしの首と胴は離れよう」

「うるせえ。やってみろってんだ」

「望むなら、やらぬではない。それに、欲を掻いたおぬしには斬られるだけの理由もある。されど、わしは殺生《せっしょう》を好まぬ。血をみるのが嫌いでな」

「しゃらくせえ」

与三郎の顔からは、あきらかに血の気が引いていた。

落ちつきはらった桃之進の態度に、疑念を抱かされたのだ。

「約束した七両二分は払ってやる。それ以上のものを望むなら、命はないものとおもえ」

「くそっ」

与三郎は歯軋《ぎし》りをした。

さすがに修羅場を踏んできただけあって、危ういと感じたのだ。

だいいち、のうらく者がこれだけのはったりをかませるはずはない。

突っぱれば、殺《や》られるかもしれない。だが、手下どもの手前、あっさり引きさがるわけにもいかず、与三郎は崖っぷちに立たされた。嫌な汗が背中に流れ、膝も震えはじめている。

「さあ、どうする。こたえはふたつにひとつ、わしが孫六の柄《つか》に手を添えたら、おぬしはこの世に別れを告げねばならぬ」

桃之進の右手が、ゆっくり動きはじめた。

与三郎ばかりか、手下たちも空唾を呑む。

「ま、待て。待ってくれ」

寿老人のごとき大男の口から、掠れ声が漏れた。

「勘弁してやる。今回だけはな」

「わかりゃいいんだ。さあ、ここに七両二分ある」

桃之進にずっしりと重い包みを手渡され、与三郎の巨体が蹌踉《よろ》めいた。

解放された竹之進は、ざまあみろという顔をする。

一部始終を眺めていた岡崎桂馬は、握った掌に汗を掻いていた。

「くそっ、おぼえてやがれ」

苦々しげな与三郎の遠吠えを聞き流し、夜鷹屋から外へ出ると、物陰の暗がりから白い顔の若侍が近づいてくる。

「あ、梅之進ではないか」

竹之進が発した。

小走りに駆けより、甥っ子の肩を抱きながら連れてくる。

疲れきった様子の養嗣子をみつめ、桃之進は首をかしげた。

「どうして、おぬしがここにおるのだ」

「それは、こちらが聞きたいことです」

気丈に発してみせた途端、くうっと腹の虫が鳴いた。

梅之進は泣きだしそうな顔で、腹をさすってみせる。

何やら、愛おしいやつだなと、桃之進にはおもえた。

ちょうどそこへ、担《かつ》ぎ屋台の掛け声が聞こえてくる。

――そばぁうい。

辻向こうだ。

「掛け四杯に銚子《ちょうし》三本。兄上、さきに行って頼んでおきましょう」

「おう、頼む」

竹之進はにっこり笑い、尻《しり》っ端折《ぱしょ》りで駆けだした。

二章　近江《おうみ》牛を奉《たてまつ》れ

一

春の彼岸《ひがん》も過ぎ、日本橋の十軒店には早くも雛市が立ちはじめた。

蒼穹《そうきゅう》には一朶《いちだ》の雲もなく、濠《ほり》の水面は朝陽を浴びて煌《きら》めいている。

呉服橋御門を通りぬけ、何となく右手の銭瓶橋《ぜにがめ》へ足を向けたところで、誰かが声を掛けてきた。

「のうらくの旦那、そっちは御勘定所ですぜ」

橋のたもとで銭両替を営《いとな》む仙次《せんじ》が、にやにや笑っている。

「旦那のお勤め先は、後ろの厳めしげな長屋門でげしょう」

「ふふ、そのとおりだ。移って二年になろうというのに、未だに古巣が忘れられぬらしい」

「同じことを仰ってた御仁がありましたっけ」

「誰だ」

「御城勤めに移られた亀崎伊之助さまでござんすよ」

「亀助か。そういえば、勘定方から小十人組の組頭に出世したのであったな」

「誰もが羨《うらや》む御出世とおもいきや、何やら心ここにあらずといった感じで、時折、銭瓶橋までやってこられます」

「何をしに来る」

「橋のうえからじっと水面をみつめ、おやりになることといえば小石を投げることくらいで」

「小石を」

「ほうら、噂をすれば影とやら。ご本人がおみえですよ」

仙次は気配を殺し、水泡《みなわ》のように消えてしまう。

亀崎伊之助は遠くから桃之進のすがたをみつけ、足早に近づいてきた。

「よう、桃之進。息災でおったか」

「おう、亀助も元気そうで何より」

「亀助か。そう呼んでくれるのも、おぬしくらいだ」

「今や、小十人組の組頭どのだからな。されど、おぬしが出世するとは、つゆほどもおもわなんだぞ。母も羨ましそうにしておったわ」

「ご母堂さまが」

「ああ。おぬしのごとき洟垂《はなた》れ坊主がどうして御番入りできたのか、しきりに首をかしげておった。やはり、あれか。お辞儀が誰よりも上手いという理由で、出世できたのか」

「皮肉を言うな。でもまあ、そうかもしれぬ」

「何だ、その気の抜けた物言いは」

「お辞儀の所作は、父に厳しく仕込まれたのさ」

「知っておるわ。親父さまは、おぬしの母さまが天に召されてから後添えを貰わず、男手ひとつでおぬしを育てあげた。立ち居振る舞いに厳しい方で、わしも洟垂れのころはよう叱《しか》られたものよ」

「おぬしは、じつの息子同然に叱られておったな」

「尻まで叩かれた。されど、お辞儀は上手にならなんだ」

「はは、素質がないのさ」

ふたりはさも愉快そうに、しばらく笑いあった。

「桃之進、その不細工な笑い顔、久しぶりにみたぞ」

「わしもさ。おぬしはあいかわらず、笑うと歯茎が剝《む》きだしになる」

「そうか。あはは……」

亀助の笑い顔は、次第に泣き顔へと変わっていった。

「……す、すまぬ」

「どうしたのだ。何か辛《つら》いことでもあるのか」

「いや、たいしたことではない」

「水臭いやつめ。はなしてみろ」

亀助は欄干にもたれ、川面をじっとみつめる。

そして、低声でぼそぼそ語りはじめた。

「表沙汰になっておらぬはなしだが、この三月《みつき》足らずのあいだで公方さまの鬼役《おにやく》が三人も毒にあたって死んだ」

「何だと」

「ひとり目は松茸だ。ふたり目は甘鯛で、三人目は大福の餡《あん》らしい。いずれも、鳥《とり》兜《かぶと》らしき毒が混ぜてあった。そのたびに、御膳所の係りが総取りかえになり、近習のなかには腹を切った方まであったそうな」

「外からでは、とうてい窺い知れぬはなしだな」

「わしも中奥勤めになって初めて知った。城中は修羅場さ。気の休まる場所は、ただのひとつもない」

「されどよ、毒味役が死んだことと小十人組のおぬしと、いったい、どういう関わりがあるのだ」

桃之進が問うと、亀助は沈鬱な顔で溜息を吐いた。

「鬼役が足りぬので、急遽、番方からまわせということになり、小十人組にもお鉢がまわってきた。組頭が範を示すべく、率先してお役に就かねばならぬ」

「おぬしが公方さまの鬼役をやるのか」

もちろん、何人もいるうちのひとりだという。

「勘定所で一番お辞儀が上手いと評判が立ってな、どうやら、御小納戸頭さまも目を掛けておられたらしい」

「まさか、最初から鬼役にするべく、勘定所から引きぬかれたのではあるまいな」

「おそらく、そうであろう。ほかに、おもいあたる節もない」

「難儀だな」

桃之進は心から同情しつつ、慰めのことばを吐いた。

「されど、鬼役に選ばれたからといって、命を落とすときまったわけではあるまい。おぬしは幼いときから運が良かった。道端で馬糞を踏むのも、かならず、わしのほうだった」

「はは、そうであったな」

「難なく切りぬけられるさ」

「祈ってくれるか」

「無論だ。お百度でも何でも踏んでやる」

「ふふ、お百度なら、幸《さち》に踏ませよう」

「そうか。幸どのもご存じなのか」

「いいや。まだ言っておらぬ。言えば、家が暗くなる。せっかく、初孫が生まれて明るくなった家がな」

亀助は嫁を貰うのが遅かったので、三月前に長子が生まれたばかりだった。

子宝に恵まれたうえに出世も果たし、亀崎家には盆と正月がいっしょにやってきたと、隣近所から持てはやされていたのだ。

「加役ゆえ、いずれは任も解かれよう。家族には余計な心配を掛けたくない。鬼役のことは、くれぐれも内密に頼む」

「呑みこみ山だ」

「ふふ、武士らしくないと笑ってくれ。桃之進よ、わしはな、死ぬのが恐いのだ」

「わしだって、おぬしの立場になればそうおもうさ。表向きは涼しげにとりつくろっても、心の内は騙《だま》すことができぬ。武士であろうと何だろうと、死ぬのは恐い。何ひとつ恥じることはないぞ」

「かたじけない。おぬしに喋ったら、ちとすっきりした」

「そうか」

「わしはな、おぬしに謝らねばならぬ」

「何を言いだすのだ」

「鬼役のはなしを聞くまで、わしは天にも昇った気分でおった。勘定方でも、これほどの出世をする者は数えるほどしかおらぬからな。わしは檜舞台に立った看板役者のような晴れがましさをおぼえた。かぶりつきに座っているのは、口惜しげに顔を歪めた上役や同僚どもさ。大向こうには、おぬしの顔もみえた」

「え、わしの顔が」

「ああ、そうだ。二年足らずまえ、北町奉行所に左遷されたおぬしのことを、わしは心の底で嘲笑《あざわら》っておった。ざまあみろ、下には下がいる。いつもそうおもい、哀れな葛籠桃之進のことを心の支えにしておったのだ。ひどい男さ。でもな、ほんとうは、おぬしのことが羨ましかった。何があっても、のほほんと暢気《のんき》な顔で切りぬける。物事はなるようにしかならぬとでも言いたげに、泰然自若《たいぜんじじやく》と構えているおぬしの生き方に憧れさえ抱いておった。わしはな、おぬしのようにできたらと、いつもそうおもっていたのだ……す、すまぬ。つい、本音をぺらぺらと」

「いいさ。近頃は本音をさらけだしてくれる相手もおらぬ。亀助、おぬしは格別に仲の良い幼馴染みだ。わしにとって掛け替えのない友なのさ」

「桃之進よ、そうおもってくれるのか」

亀助は肩を震わせて泣き、袖口に縋《すが》りついてくる。

桃之進は着物を洟水《はなみず》で汚されるのもかまわず、しっかりしろと慰めてやった。

亀助は泣き笑いの顔で別れを告げ、銭瓶橋を渡って大手門へ通じる大路を遠ざかっていく。

淋しげな後ろ姿を見送っていると、いつのまにか、銭両替の仙次がかたわらに立っていた。頬を涙で濡らしている。

「どうして、おぬしまで泣いておる」

「何やら、今生《こんじょう》のお別れのようで」

仙次は不吉な台詞《せりふ》を口走った。

なるほど、そうかもしれない。

膨らみはじめた桃の香を嗅ぎながら、桃之進もそうおもわずにはいられなかった。

二

久方ぶりに北町奉行所の「芥溜《あくただまり》」を訪ねてみると、馬淵斧次郎が小机のまえに端然と座っていた。

どうせ、魚のように目を開けて眠っているのだろう。

そうおもったのもつかのま、馬淵が長い顔を向けてくる。

「げっ、起きていやがった」

「これは心外。十日ぶりにお会いしたのに、第一声がそれですか」

「まあ、許せ」

謝る必要もないのに、うっかり謝ってしまう。

馬淵にはどことなく、そうさせるだけの威厳のようなものが備わっていた。

以前は奉行直属の隠密廻りをつとめ、酒の密造や舶来品の抜け荷といった巨悪の探索をおこなっていた。安島左内と同様、奉行所内にはびこるお偉方の不正をあばこうとしたがために、金公事方へ押しこめられたのだ。

誰からも忘れさられた芥溜にあっても、馬淵はひとことも不平を漏らさず、黙《だん》りをきめこんでいる。一日の大半は居眠りをしているだけなのに、その馬面が小さな窓から射しこむ一条の光を浴びて、やたらに神々しくみえるときがあった。

桃之進は光をふさいで立ち、見下ろすように問いただす。

「おぬし、何故、将監屋敷に出仕せん」

「出仕したところで、やることはありませぬ」

「ここにおれば、やることがあると」

「ござります」

「それは何だ」

「土間に埃《ほこり》が溜まれば箒《ほうき》で掃《は》き、板間が汚れたら雑巾で拭きまする。誰かがここにおりさえすれば、ほかの方々も安堵いたしましょう」

「安堵も何も、気に掛ける者とてあるまい」

「そうであればなおさら存在をしめさねば、金公事方は廃されてしまいます」

「消えてしまえば、いっそ、すっきりするであろうに」

「路頭に迷いますぞ。禄を頂戴できる身分がどれほどありがたいものか、それがおわかりにならぬ葛籠さまではござりますまい」

物知り顔の隠居に説教でもされている気分だ。

「いずれにしろ、葛籠さまが帰ってこられる場所をお守りするのが拙者の役目、そう心得ております」

心強い気もするが、怠けるための口実にも聞こえる。

「ところで、向こうはいかがですか」

「いかがもへったくれもないわ」

情況は何ひとつ好転しておらず、船手役人どもに海賊を捕らえる気など毛ほどもない。

組頭の篠田喜重郎と海猫一味の繋がりは摑《つか》めず、妾《めかけ》のおけいが一味と関わっているのかどうかも判然としなかった。おけいの抱え主である鮫肌の与三郎を叩けば、何か出てきそうな気もするが、下手に突っつけば窮鼠《きゆうそ》のごとく悪あがきをしかねない。

面倒事は避けたいので、当面は放っておくことにした。いずれまた面と向かわねばならぬとおもうと、気が滅入ってくる。

ただ、どこまで深入りすべきか、桃之進は決めかねていた。

若い岡崎桂馬は胸襟を開き、ともに海猫一味を捕らえ、ついでに上役の悪事不正を暴こうと熱心に誘いかけてくる。だが、やはり、他人の領域を荒らすようで、今ひとつ二の足を踏んでいるところがあった。

かりに、海猫の首魁を捕らえても、御船手番所の連中からは迷惑がられるだけのはなしだろう。出向を命じた漆原帯刀の言ったとおり、のらりくらりと何もせずにいることが求められているのだ。

岡崎は落胆するだろうが、今は突っこむときではない。ひとりで動きまわるにも限界があるし、勝手な憶測で突きすすんでも空回りに終わるような気がする。

それに、桃之進はほかにも厄介事を抱えていた。

行方不明になった彦根藩藩士の日野庄左衛門を捜しだすという、まことに厄介至極な依頼を娘の初から受けてしまった以上、何もしないというわけにはいかない。

馬面が言った。

「もうすぐ出向も解かれましょう。ご無理は禁物です」

「そうだな。おぬしの言うとおりかもしれぬ」

ほっと溜息を吐き、座りかけたところへ、突如、高笑いが聞こえてきた。

隣の裁き部屋からだ。

「安島がおるのか」

「いかにも。金公事を裁いております る」

「あやつ、こんなところで油を売りおって」

「恐れながら、金公事の裁きも立派なお役目にございます」

「わかっておる。されど、わしらは漆原さまより、御船手方を手伝うようにと命じられた。ここで暢気に金公事を裁いておったら、さっそくお叱りを受けようぞ」

「ご心配にはおよびませぬ。われわれがどこで何をやろうと、漆原さまは疾《と》うにお見限りのご様子ゆえ。それより、裁きの場に呼びつけた貸し方の顔でも拝まれたらいかがです。拙者が言うのも何ですが、なかなかの別嬪《べっぴん》ですぞ」

「おなごか」

「後家貸しにござる」

「ほう」

夫は本丸の御膳奉行だったが、三月前に毒の茸《きのこ》にあたって亡くなり、ひとり遺された妻女が蓄財を元手に官許の金貸しをはじめたという。

「馬淵よ、毒の茸にあたったと申したな」

「はい、毒茸にあらず、毒の茸にござります。これが何を意味するか、おわかりですか」

「毒味役の御膳奉行が毒にあたった」

「ご名答」

「そのはなし、どこかで聞いたことがある。さよう、今さっき、銭瓶橋でな」

「それは奇遇にございります。公方さまの鬼役が毒にあたったなどというはなし、容易に聞けるものではありませぬ。その後家、死んだ夫の上役だった人物の紹介で、とある陪臣に百両もの大金を貸しておったのですが、期限が過ぎたので催促に出向いても梨の礫、悩んだすえに訴え状をしたためたのだとか」

「借り方の陪臣はやってくるのか」

「安島によれば、見込みは五分五分。なにせ、借り方は彦根藩の御納戸組頭、金公事で町奉行所へ足労するなど、矜持が許しますまい」

「ちと待て。彦根藩の御納戸組頭と申したな。その者の名は」

「たしか、林十太夫」

「何だと」

「おや、ご存じで」

空惚けてみせる馬淵の顔を、桃之進は穴が開くほどみつめた。

「おぬしら、何を企んでおる」

「え」

「林十太夫とは一度会った。配下である日野庄左衛門の消息を探るべく、十日ほどまえに上屋敷を訪ねたのだ」

繰りかえしになるが、妻子に五十両を残して消えた日野の行方は、未《いま》だに杳《よう》として知れない。

舎弟の竹之進が養嗣子の梅之進から聞きだしたはなしから推せば、おけいという篠田喜重郎の妾は、首を吊りそこねた日野に誘いをかけた金猫かもしれなかった。抱え主が同じ鮫肌の与三郎であることや、鉄炮洲稲荷で絵馬を盗んだという夜鷹の証言から考えても、そうである公算は大きい。

おけいが日野庄左衛門とも関わっていたとすれば、いったい、これはどういうことなのか。

海猫一味に『風神丸』が襲われた一件と日野の失踪が絡んでくるのだろうか。

疑えばきりはなく、頭がこんぐらがってくる。

ここはひとつ、探索の得意な馬淵の助けを請うべきかもしれない。

「首を吊りそこねた日野庄左衛門のことは、安島にはなしたおぼえがある」

「助けたお礼に、近江牛の干し肉を貰われたのでしょう。生きているうちに一度でよいから近江牛が食べたいと、安島は羨ましがっておりましたぞ」

「そんなことはどうでもいい。おぬしら、もしや、失踪した日野のことで密かに動いてくれたのか」

「いいえ。期待に添えるほどのことはしておりませぬ。たまさか、毒にあたって死んだ鬼役の妻と彦根藩の御納戸組頭という組みあわせが気に掛かったまでのこと。はたして何が出るのか、あるいは、何も出ないのか。それは、これからのお調べ次第にございます」

「ふうむ」

唸ったところへ、ふたたび、笑い声が聞こえてくる。

安島だけでなく、後家の声も混じっているようだ。

「あやつら、何をしておるのだ」

「さあ、世間話でもしておるのでしょう」

ひとを食ったような馬淵の態度は癪《しゃく》に障るが、少しは役に立とうとしているところが嬉しかった。

この日、林十太夫はすがたをみせなかったものの、外桜田の上屋敷を訪ねる明確な口実ができたこともあり、桃之進は日野の行方や海猫一味の探索について、じっくり腰を据えて調べを進めてみようという気になった。

三

春雨は静かに降りつづき、庭に植わった木々の葉をしっとりと濡らしている。

勇んではみたものの、調べはいっこうに進まず、暦《こよみ》は弥生《やよい》に変わった。

養嗣子の梅之進はあいかわらず、部屋に閉じこもっている。

鮫ヶ橋谷丁の露地裏で、横に並んで屋台の蕎麦《そば》を啜《すす》ったとき、少しだけ心が通じたような気もしたが、それもずいぶんむかしの出来事におもわれてならない。

暮れ六つまえには家に戻り、濡れ縁でうたた寝をしていると、梅之進が足音を忍ばせて近づいてきた。

「父上、今ほど亀崎さまより御使者がみえました。訃報《ふほう》にござります」

どきんと、心ノ臓が鼓動を打つ。

梅之進は、淡々とつづけた。

「本日未明、ご当主の伊之助さまが身罷《みまか》られたそうです」

「何だと」

桃之進は立ちあがるなり、梅之進の胸倉《むなぐら》を摑んだ。

「もういっぺん、言ってみろ」

「……く、苦しゅうございます」

はっと我に返り、手を放す。

「す、すまぬ。つい、力が入ってしもうた」

「かまいませぬ」

梅之進は去ろうとせず、乱れた襟《えり》を直す。

「御使者によれば、御城内にて凶事に巻きこまれ、瀕死《ひんし》の状態で蟋蟀橋《こうろぎ》の御屋敷へ運ばれてきたときには、もはや、喋ることもままならず、それでも半日余りは持ちこたえたそうですが、治療の甲斐もなく。今宵、仮通夜《つや》を催されるそうです」

「さようか」

「幼きころより懇意《こんい》にしていただいた間柄ゆえ、父上には急ぎその旨《むね》をお伝えせねばならぬ。ご隠居さまよりそう仰せつかったと、御使者は口上を述べられました。お婆さまも母上もお留守ゆえ、わたしがお受けしたのでございます」

「すまんだな」

「いえ。では」

梅之進は一礼し、自室へ戻っていく。

桃之進は取るものもとりあえず、番傘だけを摑んで家を出た。

九段下は蟋蟀橋の南寄りに、五百坪ほどの亀崎屋敷はあった。

訪ねてみると、抹香臭い匂いが漂っており、亀助の父親である伊右衛門《いえもん》が入口のそばに座っている。

弔問客はおらず、閑寂としたものだ。

部屋の奥には焼香台が築かれ、白い布にくるまった故人が蒲団のうえに寝かされていた。枕元には、乳飲み子を抱いた若い妻女が悄然とした面持ちで座っている。

「親父さま」

桃之進が声を掛けると、古武士のような伊右衛門が血走った眸子《まなこ》を向けた。

「おう、来たか」

「はい。こたびは……」

のどが詰まり、悔やみのことばが出てこない。

「よいよい。無理をするな」

「……す、すみません」

「そうか、伊之助のことを気に掛けてくれたか。あやつはお役目を立派に果たした。されどな、わしは口惜しゅうてならぬ。何故、御番入りしたはずのあやつが、鬼役にならねばならぬ。毒を喰ろうて死なねばならぬのだ……うく、うう」

伊右衛門は耐えきれず、俯《うつむ》いて嗚咽《おえつ》を漏らす。

これに呼応し、妻女と乳飲み子も泣きだした。

桃之進は伊右衛門の両手を取り、きつく握りしめる。

「親父さま、お気を確かに」

「ふむ。わかっておる。わかっておるのだ」

桃之進は涙を拭《ぬぐ》い、故人のもとへ膝で躙《にじ》りよった。

妻女が深々とお辞儀をし、隅のほうへ退く。

顔を覆った白い布を、恐る恐る取りはらった。

亀崎伊之助は、存外に穏やかな顔で眠っている。

「亀助、何をしておる」

桃之進は、きつい調子で語りかけた。

「出世したばかりだというのに、こんなところでくたばってどうする」

叱りつけてやれば、応じてくれそうな錯覚をおぼえた。

頬を伝わって落ちた涙が、薄化粧の施された死人の顔を濡らす。

桃之進は冷たい亀助の顔を指で拭き、白い布で覆った。

気を取りなおして線香をあげ、胸の裡で経を唱える。

妻女に慰めのことばを掛け、父親のもとへ戻った。

気丈さを取りもどした伊右衛門は、怒りの籠もった口調で語りだす。

「近江牛であったらしい」

「え」

「公方さまがお好きな干し肉でな、彦根藩から献上された代物だったとか。それをひと切れ頬張り、呑みこんですぐさま、伊之助は血を吐いた」

「何と」

「ほかに詳しいことは聞かされておらぬ。毒で死んだことも口外してはならぬと厳命された。そのような命など、糞食らえだ。伊之助は戸板に乗せられ、平川門から城外へ出された。平川門といえば不浄門、わしの息子はまだ生きておったというに、死人扱いされたのじゃ」

伊右衛門の恨み言が、耳の奥に遠ざかっていく。

毒が仕込まれたのが彦根藩献上の近江牛であったという事実に、桃之進は衝撃をおぼえていた。

「これも因縁か」

毒入りの松茸を食べて死んだ鬼役の後家は、彦根藩の御納戸組頭に百両もの金を貸していた。考えてみれば、組頭の林十太夫は、干し肉を吟味してお上に献上する役なのである。

林を後家に紹介したのは、死んだ鬼役の上役だった。

すなわち、林とその上役は昵懇《じっこん》の仲である公算が大きい。

このふたりが手を組めば、公方の膳に鳥兜の仕込まれた肉を供するのは難しいことではなかろう。

無論、根拠に乏しい憶測であることは承知している。

だが、頭から否定する理由もない。

いずれにしろ、友の死を面前にして、いつになく頭は冴えていた。

「おい、桃之進」

伊右衛門に呼びかけられ、我に返った。

「どうした。何を考えておる」

「はい。友の恨みをどうやって晴らせばよいのかを、さきほどから考えております」

「恨むべき相手がおるとでも申すのか」

「わかりません。ただ、このままでは犬死にも同然にござります。何としてでも、毒を仕込んだ者を捜しださねば」

「そうか。おぬしは北町奉行所の与力であったな。伊之助を死に追いやった者を捜しだし、仇を討ってくれい」

「お任せください、親父さま」

「頼む、このとおりじゃ」

伊右衛門は手を取り、とんでもない力で握りしめてくる。

骨の軋《きし》む音を聞きながら、桃之進は痛みに耐えつづけた。

四

弥生清明。

町屋の者たちが麗《うら》らかな陽気に誘われて野遊びや潮干狩りに繰りだすころ、里山では桜の便りを待つばかりとなる。

桃之進の気持ちは、いっこうに晴れない。

母の勝代は亀助の死因を耳にして干し肉を食べなくなり、妻の絹は何か用事をみつけては実家へ通うようになった。先祖伝来の壇飾りで雛祭を祝っても、生意気盛りの香苗はあまり嬉しい顔をしない。舎弟の竹之進は喉元過ぎれば何とやら、芸妓の間夫《まぶ》気取りで深川の茶屋に入りびたっている。そして、養嗣子の梅之進は、開きかけていた心をまた閉じた。

何ひとつ物事は解決できないまま、ときだけが虚しく過ぎていく。

松茸を食べて死んだ鬼役の差配人は石鍋《いしなべ》増五郎《ますごろう》といい、金貸しをはじめた鬼役の妻に彦根藩納戸方組頭の林十太夫を紹介した人物だった。石鍋と林が公方毒殺という大それた謀事を画策したかどうかは、実際のところ、町方風情には調べようがない。城中で勃《お》こった凶事の調べは目付の管轄だし、肝心の目付筋では「不慮の出来事ゆえ探索におよばず」として毒殺には触れず、少なくとも表向きは下手人捜しをしていない様子だった。

亀助の哀れな父親に「お任せください」と大見得を切ったにもかかわらず、そちらには手を付けられず、ひとまずは将監屋敷へ出仕し、岡崎桂馬の願いを聞きいれることにきめた。

組頭の篠田喜重郎が悪事に加担しているのかどうか、もういちど尾行して確かめてやろう。

岡崎の発案で、役目帰りに狙いを定めた。

張りこみをはじめて三日目、篠田はいつもと別の帰路をたどった。

「葛籠さま、稲荷橋を渡りましたぞ」

「怪しいな」

「行き先は波よけ稲荷ですよ、きっと」

水先案内をつとめる岡崎は、興奮を隠しきれない。

ふたりは橋一本ぶんの間合いを開け、篠田の背中を追った。

途中で暗がりに呑みこまれても、動じることはない。

予想どおり、篠田は波よけ稲荷の鳥居を潜った。

「本堂へ向かうようです」

「しっ、わかっておる」

ふたりは足早に近づき、石灯籠《どうろう》の陰に隠れた。

篠田は周囲に目を配り、人影がないのを確かめている。

石灯籠に灯された燈明のおかげで、様子はわかった。

篠田は懐中に手を入れ、何かを取りだしている。

「絵馬のようだ」

岡崎も隣でうなずく。

篠田は提灯を点け、参道脇に設《しつら》えられた絵馬棚へ向かった。

朱色の棚には、大小の絵馬が魚の鱗《うろこ》のように並んでいる。

どうする気だと、桃之進は胸の裡で問いかけた。

篠田は絵馬棚の右端に近づき、あらかじめ決められた位置を提灯の光で確かめ、みずから携えた絵馬を納めている。

それが済むと、しばらくじっと拝みつづけた。

小金が貯まるようにとでも祈ったのだろうか。

参道を早足で去る木っ端役人の後ろ姿を、桃之進と岡崎は物陰から見送った。

「葛籠さま、追いかけましょう」

「いや、それにはおよばぬ。どうせ、行き先は女房か妾のところだ。それより、奉納された絵馬を確かめてみよう」

「はい」

桃之進は参道を外れ、絵馬棚に近寄った。

「お待ちください」

岡崎が小脇を擦りぬけ、棚の右端へ顔を寄せる。

「このあたりだな。あっ」

「どうした」

桃之進が問うと、岡崎は声を震わせた。

「……こ、これは、通行手形です」

「通行手形」

「はい」

本来は浦賀奉行の手で発行される浦賀水道の航行許可証らしいが、将監屋敷の役人ならば容易に入手できるという。

外海から直に江戸湾へ進入するには、かならず、狭隘《きょうあい》な浦賀水道を通過しなければならない。海の関所ともいうべき要衝《ようしょう》には浦賀奉行が配され、御番所では昼夜を問わずに荷改めがおこなわれていた。

「荷改めをおこなうのは、三方問屋と称する浦賀や下田の廻船問屋から駆りだされた手代たちです。それゆえ、通行手形さえ携えておれば、ほぼ素通りで航行は許されます」

ただし、悪用を防ぐため、手形一枚につき一度の航行しか認められていない。

「そこがミソです。想像するに、海猫一味は襲撃の日取りが近づくと、その都度、絵馬棚を使って通行手形を手に入れているのではないでしょうか」

だとすれば、毎回、襲撃後に江戸湾への進入を目論《もくろ》んでいることになる。

「なぜかな」

「外海で奪った戦利品を、海路で江戸へ運びこむためでしょう」

たしかに、江戸で盗品を売りさばきたければ、陸路よりも海路で運ぶほうが効率がよいうえに危険も少ない。しかも、船手役人を抱きこめば、こうして易々と通行手形を入手できるのだ。

「なるほど、悪知恵のはたらく連中だな」

桃之進は絵馬棚のまえに立ち、しきりに感心してみせた。

「これだけの絵馬に混ざると、たしかに見分けはつきにくい」

「さすが、海猫の軍内が考えることはちがう。でも、わたしはそれを見抜きました。葛籠さま、これは大手柄ですよね」

「まあな」

「やった、あはは」

岡崎は無邪気に笑いながら手を伸ばし、絵馬に似た通行手形を取ろうとする。

「待て」

桃之進が鋭く叫んだ。

「残しておけ。海猫の手下が取りにくるはずだ。そいつの顔を見届けよう」

「いけね、そうですよね。呑みこみ山です」

岡崎は手を引っこめ、ふたりは絵馬棚から離れていく。

それから二刻余り、人っ子ひとりあらわれず、寒空のもとであきらめかけたころ、御高祖頭巾《おこそずきん》の女が鳥居を潜ってすがたをみせた。

「来た」

桃之進が生唾《なまつば》を呑みこむなか、女は参道を小走りに走りぬけ、まっすぐ絵馬棚へ向かう。

いちど振りかえり、人影のないことを確かめた。

月影だけでは心もとないらしく、用意した提灯を点ける。

面灯りに照らされた白い顔は妖しげで、雪女のようだ。

提灯は、女の素姓をはっきりと浮かびあがらせた。

「おけいだ」

桃之進がつぶやく。

岡崎も興奮の面持ちで、小鼻をひろげている。

おけいは躊躇《ためら》うこともなく、棚の右寄りへ歩を進め、右手を伸ばして一枚の絵馬を取った。

いや、絵馬ではない。

あきらかに、篠田が付けた通行手形だ。

それにしても、ずいぶんまわりくどいことをする。

おけいは妾なのだから、篠田から直に通行手形を貰えば済む。

そうしないのは、おけいが海猫一味との連絡役であることを知られたくないからだろう。まんがいち、篠田が疑われたとしても、そこで繫《つな》がりを断つための工夫にちがいない。

「念の入ったことだ」

おけいは通行手形を懐中に仕舞い、参道を足早に戻りはじめた。

刻限は亥《い》の四つ半、群れをなした山狗《やまいぬ》が火除地《ひよけち》の芥を漁る頃だ。

ふたりは物陰から抜けだし、おけいの背中を慎重に追いかけた。

向かうさきで待っているのは、海猫の首魁かもしれない。

だとすれば、大手柄をあげる好機到来ではないか。

若い岡崎の昂ぶる気持ちが、手に取るように伝わってくる。

桃之進とて、平常心ではいられない。

手足の動きが、えらくぎこちないものに感じられてならなかった。

五

おけいは大川端を進み、本湊町《ほんみなと》の桟橋《さんばし》から小舟に乗りこんだ。

幸運にも、横付けにされた小舟はほかにもあったので、寝惚《ぼ》けた船頭を起こして纜《ともづな》を解かせ、先行する小舟の艫《とも》灯りを追わせた。

小舟は汀《みぎわ》に沿って南下し、寒《さむ》さ橋や浜御殿《はまごてん》のそばを静かに進んでいく。

暗澹《あんたん》とした夜空を照らす半月は、弦を下に向けて沈みはじめていた。

吹きつける川風を避けるように、岡崎桂馬は襟を寄せる。

桃之進は、なぜか常用している風呂敷を首に巻きつけた。

おけいを乗せた小舟は緩やかに面舵《おもかじ》を切り、芝口から渋谷《しぶや》川へ舳《みよし》を捻《ね》じこむ。

「どこへ行くのでしょう」

「さあな」

岡崎との会話もほとんどない。

右手にひろがる陰翳《いんえい》は、増上寺《ぞうじょう》の杜《もり》であろう。

小舟は飯倉新《いいぐらしん》町まで進み、取り舵を切って一ノ橋から三《さん》ノ橋まで一気に通りぬけ、南西に延びる川筋に沿ってさらに進んでいく。

そして、ようやくたどりついたところは、渋谷村の宮益坂下《みやますざかした》にある桟橋だった。

おけいは陸にあがり、暗がりへ吸いこまれてしまう。

桟橋でいちど見失ったものの、田圃のなかの一本道に揺れる提灯の光をみつけ、急いで追いかけた。

すでに、子《ね》ノ刻は過ぎている。

――うおおん。

山狗の遠吠えが聞こえるたびに、かたわらの岡崎は身を縮《ちぢ》めた。

このような真夜中に、人家もない道をたどるだけでも、ただの女でないことはわかる。

「ひょっとしたら、首魁の情婦かもしれませんね」

息継ぎもままならぬ様子で、岡崎が言った。

情婦であってほしい。そうであるなら、海猫の軍内と落ちあう率はあがる。

桃之進は期待に胸を膨らませながらも、言い知れぬ不安を募らせていった。かりに、軍内と対峙《たいじ》できたとしても、打ち負かすことができるのかどうか。

これが十年前なら、一抹の不安すら抱かなかったであろう。鋼《はがね》のように鍛《きた》えた肉体から繰りだされる剣技は、まわりからも神業《かみわざ》と賞賛されていたし、板の間での申しあいで負ける気はしなかった。無論、真剣を握って生身の人間を斬る機会など得られるはずもなかったし、望みもしなかったが、真剣で闘う場面に遭遇しても、あのころの自分なら難なく対応できたにちがいない。

もはや、迷っても詮《せん》無いことだ。

岡崎は頼りになりそうにないし、ここはひとつ覚悟を決めねばなるまい。

おけいはなかば駆けるように、暗い道を突きすすんでいく。

半刻余りも必死に追いつづけ、全身汗だくになったころ、正面の暗がりに忽然と山門がみえてきた。

「あれは、豪徳寺《ごうとくじ》ではありませんか」

岡崎の言うとおりだ。

「豪徳寺といえば、彦根藩の菩提寺ではないか」

それと気づいた途端、桃之進の頭は混乱をきたす。

おけいは山門を潜《くぐ》り、足早に遠ざかっていった。

海猫の軍内は、境内で待っているのだろうか。

いったい、海賊と彦根藩がどう結びつくのだ。

ふと、日野庄左衛門の情けない顔が脳裏を過《よぎ》る。

梅之進によれば、日野はおけいらしき金猫とともに、首を吊りそこねた喰違御門前にあらわれたという。「鉄炮洲稲荷で絵馬を盗んでいた」という夜鷹の証言からも、金猫はおけいにまちがいなかろう。

海賊の情婦に誘われた彦根藩の牛肉番。

ひょっとしたら、日野の失踪は、海猫に沈められた『風神丸』の一件と関わっているのかもしれない。

混乱した頭でさまざまに考えをめぐらせながら、桃之進は山門を潜りぬけた。

参道に人影はなく、提灯の光も見出せない。

点々とつづく石灯籠には燈明が灯っており、参道脇にしつらえられた棚には「招福《まねぎ》猫児《ねこ》」が所狭しと奉じられている。「招福猫児」は「招き猫」としても遍《あまね》く知られ、彦根藩の殿様が野良猫の手引きで雨を避けられたという開基の逸話に因《ちな》んで、この寺に招福の猫を奉じる習慣が生まれたのだという。

「なるほど、絵馬棚ならぬ猫棚か」

「ふふ、ほんとうだ」

笑った岡崎の胸を、桃之進はどんと手で突いた。

「うわっ」

岡崎が尻餅をつく。

と同時に、背後の闇が揺らいだ。

凄まじい殺気とともに、鋭利な刃が闇を裂く。

——ずん。

足許が揺れた。

地べたをみれば、長柄の槍が斜めに刺さっている。

槍ではない。

「こ、これは……」

銛《もり》だ。

鯨を仕留める銛である。

「ひぇっ」

岡崎は這うように逃げ、石灯籠の背後に身を隠す。

桃之進は腰を落として身構え、じっと耳を澄ました。

「ひょう……っ」

獣のような雄叫びが尾を引き、黒装束の刺客がまっさかさまに落ちてくる。

「うしゃ」

桃之進はすかさず、白刃を抜いた。

薙《な》ぎあげる。

——きぃん。

刃のかちあう音、激しい火花が散った。

「ふえっ」

痺《しび》れた手で水平斬りを繰りだし、刺客の間合いから逃れる。

「葛籠さま」

岡崎が物陰から叫んだ。

「黙っておれ」

桃之進に余裕はない。

「海猫の首魁か」

詮無いこととは知りつつも、闇に問いかけてみる。

「くく」

闇の口が裂け、笑ったように感じられた。

「おれは墓守だ」

「嘘を吐くな。墓守が銛を投じるか」

「くく、おぬしこそ何者だ。向井将監の手下ではあるまい」

「こたえてやろう。わしは町奉行所の与力だ」

「ほう。町奉行所の与力がなぜ、海賊を嗅ぎまわっておる」

「きまっておろう、手柄を立てるためよ」

「なるほど、海猫の首魁を捕らえれば、大手柄になろうからな」

「やはり、おぬしが軍内か」

桃之進は孫六を青眼《せいがん》に構え、じりっと詰めよる。

軍内らしき男は、闇のなかで刀を八相《はっそう》に立てた。

群雲《むらくも》が流れ、半月が顔をみせる。

黒覆面をかぶった男の輪郭があらわになった。

からだつきはしなやかそうで、強靭な柳の枝を連想させる。

それにしても、凄まじい迫力だ。

不動明王のように微動だにせず、対峙する者を呑みこもうとする。
こりゃ、かなわぬ。
弱気の虫が囁《ささや》いた。
鍛錬《たんれん》を怠っているので、からだが重い。
どう考えても、相手のほうが一枚上だ。
「臆《おく》したか」
軍内は、見抜いていた。
剣におぼえのある者は、対峙する者の心を読むのがうまい。
心の弱さを見抜かれたとき、死は鼻先にぶらさがっている。
真剣の勝負は一瞬、負けは死を意味していた。
「ふおっ」
先手を取られ、桃之進は受けにまわった。
相手は地摺りの下段から、斜めに薙ぎあげてくる。
これを叩きおとそうとして、逆しまに撥《は》ねとばされた。
「うわっ」
片足立ちで仰けぞり、どうにか踏みとどまる。

まるで、舞いのなかばで固まった狂言師のようだった。
偶然だが、この型は「舞鶴《まいづる》」といい、無外流の奥義にある。
片足で佇むことで間を外し、片手斬りの逆袈裟を狙《ねら》う技だ。
鶴が羽ばたくようにみえるところから、奥義名は付けられた。
足腰は衰えても、長年培《つちか》った型だけは身に刻みこまれている。
「ぬりゃ……っ」
桃之進は死の淵で、見事な舞いを披露《ひろう》した。
「なにっ」
驚愕する軍内の肩口に、孫六兼元の刃が食いこむ。
――ずばっ。
肉を斬った感触あり。
が、まだ浅い。
つぎの瞬間、脇腹に激痛をおぼえた。
「うっ」
突かれたのだ。
軍内は斬られながらも、突きを繰りだしていた。

その突きが、桃之進の左脇腹を裂いた。

「くっ」

相打ちか。

「葛籠さま、助太刀いたす」

岡崎が白刃を掲げ、躍《おど》りだしてくる。

「ふん、また逢おうぞ」

軍内は捨て台詞を残し、後退《あとずさ》りしていく。

凛《りん》とした物言いは、残忍非道な海賊であるにもかかわらず、骨のある孤高な男の印象を与えた。

点々と血痕《けっこん》が繋がり、ふと、闇の向こうに女の白い顔が浮かんだ。

おけいか。

もはや、追いかける気力もない。

がくっと、桃之進は片膝をついた。

「葛籠さま、お気を確かに」

岡崎に肩を抱きおこされ、正気を取りもどす。

地べたには、血溜まりができていた。

出血が多いわりには、致命傷となる傷ではない。骨にも届いておらず、臓器も無事のようだった。

「おみせください」

岡崎は、なぜ、そのような道具を携えているのか、袖口から裁縫袋《さいほう》を取りだした。

「実家が縫箔屋なもので」

照れたように笑い、血塗れの着物を裂き、傷口を調べている。

傷の長さは五寸におよび、ぱっくり口を開けていた。

「おえっ」

岡崎は吐き気に耐えつつ、針の穴に糸を通す。

傷口を摘《つま》みあげ、ぷつっと針を刺しぬいた。

「うっ」

ひと針縫われるたびに、桃之進は苦しげに呻く。

岡崎は次第に馴れ、器用に縫いあわせていった。

そして、どうにか縫いおわり、長い吐息を漏らす。

「葛籠さま、ひどい傷ですね」

「案ずるな。見掛けのわりに、たいした傷ではない。脇腹の贅肉を削ってもらったとおもえばいい」

「強がりですか」

「ふっ、わかるか」

「わかりますよ。それにしても、危ういところでした。あやつ、海猫の軍内でしょうか」

「だとすれば、大手柄を逃したな」

豪快に笑った途端、激痛に襲われた。

何はともあれ、命を拾っただけでも幸運だった。

「ちと、鍛えねばならぬな」

傷が癒《い》えたら、江戸じゅうの坂を駆けのぼってやろう。

できもしないことを、桃之進は胸に固く誓っていた。

六

その夜のうちに、おけいは島田町の妾宅から消え、海猫の軍内に通じる手懸かりは断たれた。

翌日、自邸で療養につとめていると、将監屋敷から使者がやってきた。

何と、船手奉行の向井将監が直々に会ってはなしを聞きたいという。

「驚き桃の木だな」

傷の痛みは吹っ飛び、押っ取り刀で霊岸島の将監屋敷へ急ぐ。

屋敷へたどりつき、用件を告げると、案内役の若い同心が蔑《さげす》むような眼差しを向けてきた。その対応だけで、褒《ほ》められるのではないと察したが、呼ばれた理由はまったく見当もつかない。

五分咲きの染井吉野《そめいよしの》をのぞむ離室《はなれ》に通され、小半刻ばかり待たされた。

廊下に足音が聞こえ、まずは、岡崎桂馬がやってきた。

見る影もなく憔悴しきっており、目に涙さえ浮かべながら廊下の隅にかしこまる。

声を掛けることもできずにいると、正面脇の襖障子が開き、向井将監が与力一名を従えてあらわれた。

さすが、何代にもわたって船手奉行を世襲する六千石の大身旗本だけあって、威風を放っている。末は幕府水軍を担う逸材とも噂されるとおり、猛々《たけだけ》しいなかにも聡明さを兼ねそなえた風貌であった。

「わしが向井将監である」

「はは」

桃之進は腹の痛みを忘れ、平蜘蛛《ひらぐも》のように平伏した。

「顔をあげよ。おぬし、北町奉行所より寄こされた与力であったな」

「は、葛籠桃之進にござります」

「聞いておる。ここに控える浦川隼人正《うらかわはやとのしょう》からな。浦川は吟味方筆頭与力である。慎重に策を立て、海猫の軍内に罠を仕掛けておったに、おぬしと廊下に控える間抜けが台無しにしてくれた」

「え」

驚いた桃之進の顔を、将監は睨みつけた。

「噂どおりの阿呆面よのう。おぬしの素姓は、ちと調べさせてもらった。かつては剣客として名を馳せ、御前試合にも招かれたそうじゃな。されど、勘定所勤めになってからは鳴かず飛ばず、のうらく者なんぞと綽名《あだな》まで付けられた。あげく、北町奉行所の金公事方に左遷され、黴《かび》臭い蔵のなかで燻《くすぶ》っておるそうではないか。それほどまでに使えぬおぬしが、なぜ、船手番所へ寄こされたのか。無論、わしが望んだからよ。どうしても寄こすというのなら、やる気のない腑抜けを寄こしてほしい。船手方の縄張りで素人《しろうと》にうろちょろされたら敵わぬからと、わしはさように撥ねつけた。年番方筆頭与力の漆原帯刀は、そのとき、心配にはおよばぬと偉そうに胸を張りおったぞ」

将監は痰壺を引きよせ、ぺっと痰を吐く。

「ふん、ところがどうじゃ。おぬしは、とんだ食わせものだった。商家出の若僧に尻を掻かれ、余計なことに首を突っこんだ。おかげで、大物を取り逃がしたというわけだ」

「まさか、篠田どのは」

「篠田喜重郎には密命を与えておった。わざと抱きこまれたようにみせかけ、海猫の一党を誘いだせとな」

「何と」

「敵を泳がせ、安心させ、つぎに荷船を襲撃する際、一網打尽にする。一年掛かりで練った策よ。それをな、呉服橋からやってきたのうらく者が、たったひと晩でお釈迦にしおった」

篠田は身の安全をはかるべく、管轄外の猿江《さるえ》船改番所へ行かせたという。

「おぬしを呼んだは、そこに座る間抜けから、海猫の首魁と刃を交え、手傷を負わせたと聞いたからじゃ。それに相違ないか」

「は」

「与えた傷の程度は」

「浅手と申せば浅手。ただし、発熱はいたしましょう。二、三日は寝込むやもしれませぬ。傷がほぼ癒えるまで、少なくとも十日は要しましょう」

「されば、当面は動かぬな」

「は、仰せのとおりかと」

「ふうむ」

将監は腕を組む。

「のうらく者め、おぬしにも一抹の猶予《ゆうよ》があるやもしれぬ」

「拙者にでございますか」

「傷の痛みとともに恨みが残ったとしたら、軍内はおぬしの命を狙うであろう」

「なるほど」

「おぬしが的《まと》になれば、軍内を誘いだすことができるやもしれぬ。無論、運良く誘いだせたとしても、仕留められねば意味はない」

「たしかに」

「どうじゃ、死ぬ気で手柄をあげてみぬか」

「それはまこと、ありがたい仰せにございます」

芯《しん》から、そうおもった。

すかさず、将監は声を荒らげる。

「誤解いたすな。わしは、町奉行所の役人なんぞ信用しておらぬ。ただ、おぬしの役人らしゅうないところが気に入った。こたびのことも考えてみれば、欲得抜きで動いたあげくのこと。今まで影すら目にできなんだ軍内と対峙した事実も見逃せぬ。葛籠よ、おぬしは何か、運のようなものを持っているのかもしれぬ。それに賭けてみるのも一興」

「は、恐れいりまする」

「わしはな、向井将監じゃ。それほど甘い男ではないぞ。こんど海猫を逃がしたら、帰るところが無くなるとおもえ」

「お役目を取りあげると仰せですか」

「ああ、そうだ。漆原帯刀に命じておくさ。そもそも、金公事なんぞ役目でも何でもないわ。穀潰《ごくつぶ》しどもの暇《ひま》潰しにすぎぬわ」

「穀潰しでも、養わねばならぬ家族がおりまする」

「泣きおとしか。剣客とはおもえぬな」

「何卒、御役御免だけはご勘弁を」

「そうはいかぬ。人というものは放っておけばどこまでも怠《なま》ける動物でな、退路を断たねば芳《かんば》しいはたらきをせぬ。ふふ、されば命じたぞ」

将監は不敵な態度で言いおき、慌ただしく去っていった。

居残った吟味方与力の浦川が、感情もあらわに唾を吐く。

「のうらく者め、図に乗るなよ。わしらが手を焼くほどの海猫一味を、おぬしなんぞが成敗できるはずはないのだ。将監さまとて、期待などしておられぬわ。ほんとうのことを申せば、おぬしなんぞは賭けの対象でしかない」

「賭けの対象ですか」

「そうよ。船手屋敷の連中で、おぬしの成功に賭ける者はひとりもおらぬ。賭けが成立せぬのも困りものゆえ、そこに控える若僧にも賭けさせることにした。岡崎桂馬、承知だな」

「は、ただ今、実家に掛けあっておりますゆえ、しばらくお待ちを」

「ふふ、おぬしの実家は京橋に店を構える縫箔屋であろう。されば、五十両や百両は何ほどのこともあるまい」

桃之進は口惜しさを抑えこみ、畳にがばっと両手をついた。

「浦川さま、お願いにござります。海猫一党についてご存じのこと、すべてお教えいただけませぬか」

「ふん、甘いわ」

浦川はやおら立ちあがり、将監と反対の襖障子を開いて退出する。

「くそっ、行っちまった」

桃之進は、途方に暮れた。

敵のことを知らねば、待つ以外に打つ手はない。

七

傷も癒えぬうちから、桃之進はからだを鍛えはじめた。

将監に「退路を断たれた」せいもある。

だが、大きな理由は海猫の軍内と刃を交え、死の恐怖を味わったからだ。

崖っぷちに立たされないと、いつも行動を起こさない。

悪い癖だが、何もはじめないよりはいい。

「侍たる者、常の心懸けがたいせつなのです」

勝代に説教されても、いっこうに動じない。

傷口が開いても気にせず、冠木門から外へ飛びだし、坂とみれば駆けあがった。家では褌《ふんどし》一丁になって四股《しこ》を踏み、摺《す》り足で太い柱に近づいては、力士のようにてっぽうを繰りかえす。「八卦《はっけ》よい」の声も高らかに足腰をいじめぬき、重くした木刀を握って素振りもはじめた。

事情は秘していたので、家の連中はみな、また莫迦《ばか》なことをはじめたという目でみつめ、誰ひとり気を遣わない。ただ、弟の竹之進だけは酔って帰宅しては、ちょっかいを出してきた。

「兄上、精が出ますな。近所でも評判ですぞ。ついに、葛籠家のご当主は狂うてしまわれた。さあ、みなで祝うてやれと」

「余計なお世話だ」

「腹の傷、ふさがりませぬぞ。痛むようなら、よい薬がございます。ほれ、これにある瓢《ひさご》に。百薬の長がたぷたぷと、良い音を立てておりますぞ」

「酔うておるのか。いつまでもふざけておると、木刀で頭をかち割るからな」

「怒っても恐くないよな間抜け面。ふひひ、さむらい川柳にござる」

「よし、そこに座れ。望みどおりにしてやる」

「ぷふっ、お待ちを。じつは、耳寄りなはなしを仕入れてまいりました」

「おぬしの戯言《ざれごと》など聞きとうもないわ」

「如月の梅の花弁も散りかけたころ、深川の二軒茶屋に侍らしき者三人と商人がひとり集まったそうな。怪しげな四人は芸者も幇間も呼ばず、何やら密談のご様子。膳に載せられた近江牛に気づき、眉を顰《ひそ》めたとか顰めないとか」

講談調で語られる内容に、桃之進はすかさず反応した。

「集まった連中の素姓は」

「ふふ、乗ってきましたね」

「早く言え」

「はいはい。まずは、宴《うたげ》を主催した商人から。こやつは菱屋《ひしや》八十吉《やそきち》と申す酒問屋仲間の肝煎り、新川河岸に店を構えた押しも押されぬ金満家にござります。そして、侍のうちのひとりは幕府御小納戸頭取配下の石鍋増五郎、さらにもうひとりは彦根藩御納戸組頭の林十太夫であったとか」

「何だと」

「二軒茶屋の奥座敷にて、良からぬ密談が交わされたのは必定《ひつじょう》。されど、その内容を推《お》しはかる術《すべ》はなし」

桃之進は木刀を提げたまま、じっと考えこんでいる。

「兄上、どうされました」

「考えておるのだ」

「亀助どののことをですか」

「ん」

そうだ。亀助の仇《かたき》を討たねばならぬ。

不肖《ふしょう》の弟は、兄の気持ちを汲《く》み、いろいろ嗅ぎまわってくれたのか。

「いいえ。ただの偶然にござります。石鍋と林と申せば、外で会ったことが目付筋にばれただけで毒殺の嫌疑を掛けられるほどの間柄ではありませぬか。なにせ、この密談ののち、ときをおかずに鬼役を仰せつかった亀助どのは、近江牛の切れ端を口にして亡くなったのですからな。そもそも、目付が動かぬのは妙だ。きっと、裏で何者かの意図がはたらいているに相違ない」

「竹之進よ、危うい推測はするな。命を縮めるぞ」

「ここだけのはなしですよ」

公方毒殺を画策する者は、じつは少なくない。田沼政治に嫌気がさしている者は、すべてといってもよかろう。なぜならば、田沼意次は将軍家治の後ろ盾を得ているがゆえに、どうにか命脈を保っているにすぎなかった。意次を権力の座から引きおろす手っ取り早い方法は、家治を亡き者にすることなのだ。

「外様《とざま》というより、身内でしょうな。それも御三家御三卿の御政道への憤懣《ふんまん》は増すばかり、葵《あおい》の御紋を戴いた方々がしかるべき血統の世継ぎを立て、さまざまな謀事《はかりごと》をめぐらせても不思議ではない」

「おぬし、よくぞそこまで想像を逞《たくま》しゅうできるな」

「宮仕えでは出てこぬ発想ですよ。花街などでは、まことしやかに囁《ささや》かれていることです。たとえば、次期老中との呼び声も高い白河のお殿様なども、お忍びで二軒茶屋あたりへご出没なさるのだとか」

「白河の殿様が」

「はい。お相手は一橋家のご当主、治済《はるなり》さま。みずからの子息をば、次期将軍の座に就かせようと画策する不届き者。白河どのの後ろには一橋の狸《たぬき》が控えている。そんなことは今や、花街の常識でござんす」

「これ、竹之進」

「誰も聞いておりませんよ。八丁堀の貧乏与力の家に忍びこみ、壁に耳を当てる暇な隠密がどこにおります。惜しむらくは、菱屋の宴席に招かれた三人目の素姓がわからぬことです。懇意にしている仲居のはなしでは、小太りの五十男で、茶筅髷《ちゃせんまげ》であった

がね」
指示で恐ろしい企てが相談されたのではないかと、わたくしなんぞはみておるのです
「ともあれ、四人のなかでは、いちばん偉そうにしておったとか。たぶん、その男の
医者や儒者とも考えられる。
「茶筅髷か。侍とは断じがたいな」
とか」

菱屋の存在があきらかになったことで、仇討ちの端緒は開かれた。

遊んでばかりいる竹之進も、たまには役に立つ。

「兄上には、ずいぶん迷惑を掛けておりますから」

「殊勝《しゅしょう》なおぬしをみると、骨董屋で買わされた贋作《がんさく》の壺を連想する」

「その心は」

「叩けば、底が割れる」

「兄上、よくぞ見破られた。少々、融通してくだされ」

「やはり、そうか」

「さきほどのはなし、十両の価値はあろうかと」

「ないない。貧乏屋敷のいったいどこに居候《いそうろう》の飲み代があるというのだ」

「絞っても鼻血も出ませぬか」

「出ぬ出ぬ」

「困りましたな。小梅のために花見舟を仕立てねばなりませぬ」

「好きにしろ」

「詮方ありませぬな」

竹之進は袖口から何かを取りだし、口に抛ってむしゃむしゃやりだした。

「それは、干し肉ではないか」

「そうですよ。母上がいらぬと仰ったので、拙者《せっしゃ》が貰いました。茶屋で配ってやったら、みなから感謝されましてな。当面は飲み代に困りませぬ。ただ、それも短い命。蜻蛉《かげろう》のごとき弟に憐れみを」

「何と言おうが、無い袖は振れぬ」

「まるで、借金取りにでもなった気分ですな。それにしても、近江牛は美味い。この肉で井伊家のお殿様が大老の座を射止めたのも、わかるような気がいたします」

近江彦根藩第十二代藩主、井伊直幸《なおひで》は五十六の齢となった昨年、念願の大老に任命された。竹之進の言うとおりで、権力者の田沼意次に賄賂を積んで得た地位とも噂されている。賄賂のなかに近江牛がふくまれていたことは、想像に難くない。

「ちなみに、近江牛の種牛ですが、一頭売ればいくらになるとおもいます」

「さあな。十両ほどか」

高価な南部《なんぶ》馬の値を目安にして、高めに言ったつもりだった。

「とんでもない。一頭で五百両はくだらぬそうですよ」

「ご、五百両か」

「ええ」

竹之進は、勝ちほこった顔でつづける。

「ただし、種牛は藩の宝ゆえ、領外不出にござります。たとえば、薩摩《さつま》藩のお留流である示現《じげん》流のようなものです。他藩に漏らせば首が飛ぶ。知られぬがゆえに、無類の強さと稀少な価値を継続できる。種牛もこれと同じで、他藩で優良な牛が育てば、近江牛は価値を落としますからな。さて、はなしはこれくらいにして、ひと眠りいたすとしましょう。おっと、もうひとつ」

「何だ、まだあるのか」

「梅之進のことですよ。あいつ、病に冒《おか》されておりますぞ」

「え、まことか」

桃之進は眸子を剝き、竹之進に身を寄せる。

「ご心配にはおよびませぬ。病は病でも、恋の病にござります」

「恋の病」

「阿呆面をなされますな。兄上、恋というものがおわかりか。しかも、梅之進の恋は色の付いておらぬ無色透明の恋にござる。それは切なく甘酸っぱい。あやつ、飯もろくにのどを通らぬようで、近頃、益々もって窶《やつ》れてまいりました。母上も義姉上もご自分のことしか関心がおありでないご様子。兄上もしかり、梅之進はひとりぼっちで膝《ひざ》を抱え、子兎《こうさぎ》のように震えておりますぞ。ま、それは冗談にしても、たまには優しいことばのひとつも掛けておあげなされ」

「ちっ、余計なことを」

「されば兄上、失礼つかまつる」

「ふむ」

よく喋る弟の背中を見送り、重い溜息を吐いた。

木刀を振る気力は、すっかり萎《な》えてしまっている。

「恋か」

傷口から膿《うみ》を搾《しぼ》りだし、桃之進は苦い顔をつくった。

八

酒問屋仲間の肝煎りもつとめる菱屋は、霊岸島の新川河岸にある。

八丁堀からは亀島橋を渡って左手に曲がれば、ほどもなくたどりついた。

新川河岸には下り酒を扱う問屋が軒を並べ、年間百万樽にもおよぶ酒が上方から運ばれてくるという。新酒が運びこまれる秋口には、霊岸島ばかりか八丁堀まで麹《こうじ》の匂いに包まれてしまうほどだった。

菱屋八十吉は金満家で知られる酒問屋のなかでも、まとめ役を任されるほどの実力者にほかならない。好んで芝居の金主にもなるし、花街では通人として名を馳せていた。幕府要人との交流も華やかで、千代田《ちよだ》城と新川河岸とのあいだには山吹色の小判が飛びかっていると揶揄《やゆ》する者もある。

それだけに、一介の与力がふらりと訪ねても、まともに相手をしてもらえそうになかった。

桃之進は対岸から店の屋根看板を仰ぎ、どうやって攻めるかを考えあぐねた。

そこへ、尺八を手にした虚無僧《こむそう》が近づいてくる。

不吉な予感が過《よぎ》り、桃之進は身構えた。

「お待ちを。葛籠さま、拙者にござります」

虚無僧は笠をはぐりとり、馬面をさらす。

「何だ、馬淵か」

「いかにも」

「その風体は何だ」

「七方出《しちほうで》のひとつにござる」

探索方の変装術、七変化であるという。

馬淵は必要に応じて山伏や猿楽師、行商人や放下師、あるいは物乞《ものご》いにまで早変わりしてみせる。

「何でおぬしがここにおる」

「葛籠さまこそ、何をしておいでです」

「狙いは、菱屋だ」

「ふふ、同じにござる」

「まことかよ」

「ん」

「立ち話も何です。一膳飯屋にでもまいりましょう」

馬淵は笠をかぶり、尺八を咥《くわ》えるや、ひょろひょろ吹きはじめる。

「おぬし、かえって目立っておるぞ」

肩を並べて二ノ橋を渡り、瀬戸物の欠片《かけら》が無数に散らばる川端から塩町の露地裏へ踏みこむ。

薄汚い飯屋の暖簾《のれん》を振りわけると、奥の床几で真っ赤な顔の男が手をあげた。

「こちらです。葛籠さま」

安島左内だ。

悪びれる様子もなく「さきに飲《や》っておりました」と嗤《わら》いあげ、大声で酒肴《しゅこう》を注文する。

一方、馬淵は下戸の大飯食らいなので、自分だけ丼飯と焼き魚を頼んだ。

「おぬしら、最初からここで落ちあうつもりだったのか」

「ええ、そうですよ。ま、どうぞ」

安島は自分の盃《さかずき》を空にして袖で拭き、冷めた酒を注いでよこす。

桃之進は、渋い顔で盃を空けた。

「おや」

上等な酒だ。

「男は黙って剣菱」

「下り酒か」

「新川河岸では、一膳飯屋でも下り酒を出しますからな」

もちろん、そのぶん値は張る。

払うのは、桃之進なのだ。

胡麻塩頭《ごましお》の親爺が丼飯と焼き魚を運び、娘らしき小女《こおんな》が酒肴を置いていった。

安島は鉄錆びた銚釐《ちろり》を摘《つま》み、燗酒を注いでくれる。

桃之進が盃をかたむけるかたわらで、馬淵は飯をかっこんだ。

「おぬし、寝ているか食っているかのどちらかだな」

「はあ。ところで、菱屋の何を探っておいでです」

「ん、そっちからきたか。よし、こたえてやろう」

桃之進は、弟の竹之進が花街で仕入れてきたはなしを告げた。

「なるほど、菱屋が鬼役の毒殺に関わっているかもしれぬというわけですか。二軒茶屋に呼ばれた三人目の人物の正体が気になりますな」

「茶筅髷だったらしい」

「医者か儒者、あるいは七方出か」

馬淵は飯をぺろりと平らげ、打ち豆とみぞれの味噌汁を啜る。

落ちついたところで、ゆっくり切りだした。

「拙者のほうは、夜鷹屋の動きを探っておりました」

「鮫肌の与三郎。なるほど、そこを狙ったか」

「おけいという女を船手役人に紹介したのは、与三郎でしたからな。おけいは海猫と通じ、行方知れずとなった日野庄左衛門とも通じておりましょう。与三郎を張っておれば、いずれ尻尾を出すだろうと」

「尻尾を出したか」

「はい。与三郎は人足を五十有余も雇っておりました」

「人足を五十有余、それは多いな」

「ただし、人足どもが働いている形跡はありません。妙なことに、ふだんは遊ばされておるのです」

「どういうことだ」

「いずれ、外海で樽廻船か菱垣廻船が海賊どもに襲われましょう。奪われた積荷はどこかに荷揚げされ、陸路で密かに運ばれる。大量の荷を運ぶには、どうしても人足が必要となります」

「盗品を運ぶために雇われた連中か」

「ただし、今のところは誰ひとり、詳しいことは知らされておらず。ひとり三両の稼ぎになるというのがもっぱらの噂で、真実なら大盤振るまいとしか言いようがない。まともな仕事でないことだけは、みな、承知しておりました」

馬淵の読みは当たっていると、桃之進はおもった。

安島は盃を舐めながら、にやにや笑っている。

馬淵は、淡々とつづけた。

「与三郎は夜鷹屋を仕切るにはまだ青い。そのわりには、上手に手綱《たづな》を握っている。きっと後ろ盾がいるにちがいないと疑い、探っておりました。そして、行きついたさきに、葛籠さまがおられた」

「まさか、夜鷹屋の後ろ盾が菱屋だと」

「確たる証拠はござりませぬが」

「元隠密廻りの勘働きか」

「はい」

鮫肌の与三郎は、菱屋の指図どおりに動いている。

盗品運びもきっとそうにちがいないと、馬淵は断じた。

「本来なら敵対するはずの酒問屋が、海猫一味とも裏で通じていると申すのか」

「それどころか、海猫一味を雇っているのかもしれません」

「雇うだと、海賊をか」

「はい」

海賊を雇って荷船を沈め、積荷をごっそり奪いとる。

「菱屋の狙いは」

「わかりません」

「金なら、捨てるほどあるはずだ」

船を沈めてまでして、危ない橋を渡ろうとするだろうか。

「金銭目当てではありますまい」

「なら、何だ」

「ここからは根拠のない憶測なので、聞き流していただきたいのですが」

馬淵はこほっと咳《せき》払いをし、ことさらゆっくり喋りだす。

「菱屋の狙いは、世情を不安に陥れることではないかと」

「世情を不安に」

「はい。さきほどお教えいただいた毒殺の件も、これに通じるところがござる」

ただでさえ飢饉《ききん》による被害が深刻な状況下、世情が今以上の不安をきたせば、御政道への信頼は失墜する。田沼意次は失脚を余儀なくされ、公方にしても将軍の座に踏みとどまっていられなくなるかもしれない。

つまりは、政権の転覆を狙っているのではあるまいかと、口には出さずとも馬淵は言いたいのだ。

「まさか」

一介の商人が、それほど大きな企てを抱けるのかどうか。

三人は押し黙り、それぞれの迷宮にはいりこんでいった。

しばらくして、馬淵が口を開く。

「はなしは変わりますが、ご世嗣はお元気ですか。たしか、梅之進さまと申されましたな」

「いかにもさようだが、何故、梅之進のことを」

「安島から、御屋敷の部屋に閉じこもってばかりいると聞き、いささか案じておりました」

「それはありがたいことだが、なぜ、おぬしが案じる」

「じつは、ご世嗣と同い年の次男坊がおりましてな。難しい年頃らしく、拙者とはひとことも口をききません」

「なるほど」

馬淵に家族のはなしをされたのが意外で、何やら嬉しくなってくる。

「その馬面で、おぬしもけっこう苦労しておるのだな」

「馬面は関わりありますまい」

「ふはは、すまぬ」

「ご世嗣は何の因果か、消えた牛飼い役人の消息を追っておられるとも聞きました。ちと、心配ですな」

「そうよな」

桃之進は否定もせず、冷めた酒を呑みつづけた。

九

梅之進は、ほとんど陽の当たらない谷底までやってきた。

そのむかしは海の底だったところらしく、地名に鮫の名が付いている。

山積した芥を漁る山狗が彷徨く界隈に、みすぼらしい貧乏長屋はあった。

「ひどいところだな」

あまりのどぶ臭さに、鼻を摘みたくなる。

梅之進が四谷の鮫ヶ橋谷丁へやってきたのは、日野庄左衛門の妻子が彦根藩邸内の徒士長屋を逐われ、この「ぼうふら長屋」と称する芥溜のような長屋へ引っ越したと聞いたからだ。

梅之進は、初という娘のことが忘れられなかった。

焦《こ》がれるほどの恋情とは、まさにこのことだろう。

ところが、いざ足を向けてみると、訪ねる勇気が出ない。

元気で過ごしているのかどうか。

せめて、それだけでも確かめたかった。

母親は長いあいだ胸を患っているので、さぞかし不便であろう。

できることなら、自分が手足の代わりになりたいとすらおもった。

日野庄左衛門にいかなる事情があったにせよ、妻子を捨てて失踪した行為を許すわけにはいかない。

日野のことを考えると、どうにも腹が立って仕方なかった。

それにしても、これほど薄汚い長屋はみたことがない。

夫が残していった五十両を、使わずにいるのだろうか。

梅之進は勇気を振りしぼり、朽ちかけた木戸を抜けた。

棟割《むねわり》長屋は二棟建てで、破れ障子の九尺部屋が左右につづいている。

薄汚い浪人や酔いどれ老人がどぶ板のうえを徘徊しており、死んだ魚のような眼差しを送ってくる。

それでも、奥の井戸端には洗濯している嬶《かか》ぁたちがおり、元気に駆けまわる洟垂《はなた》れも見受けられたので、少しは安堵した。

一軒ずつ覗いていくわけにもいかず、嬶ぁのひとりに怖《お》ず怖ずと尋ねてみた。

「おまえさん、哀れな母娘に会いたいのかい」

嬶ぁはよく喋る女で、部屋を教えるついでに、母娘がおそらく他人に聞かれたくないであろう事情まで教えてくれた。

「藪医者の敬順《けいじゅん》に騙されてね、五十両もの大金を奪われちまったんだよ」

「え」

しかも、薬の受領書だとか嘘を吐かれて借用書に記名したばっかりに、敬順の借金まで負わされるはめになったという。

「毎日のように債鬼どもがやってくる。金を返せないなら、娘を岡場所に売っぱらうと脅されてねえ。哀れなもんさ。何ひとつ払ってやる義理もないのに、ひどいはなしだよ」

初は稼ぎを得ようと、坂上の一膳飯屋で働きはじめたらしい。

「誰か助けようとなさる方はいないのでしょうか」

「いるわけないだろう。みんな自分が生きていくので精一杯なんだよ。他人のことなんざ、気にしちゃいられない。弱い者はとことんいじめられ、くたばっても放っておかれるだけ。それが世の中というもんさ」

母娘を騙した町医者は逃げもせず、近くの西念寺《さいねん》裏に居座りつづけているという。母娘は何度となく掛けあいにいったが、のらりくらりと躱《かわ》され、相手にしてもらえないらしかった。

梅之進は井戸端から離れ、母娘の住む部屋へ向かった。

破れ障子はなかば開いており、饐《す》えた臭いが漂っている。

けんけんと妙な咳が聞こえ、訪ねるのを躊躇《ためら》っていると、足許を鼠《ねずみ》が走りぬけていった。

「うえっ」

疳《かん》高い声をあげるや、母が聞きつけた。

「誰だい、お初かい」

梅之進は足音を忍ばせて後退り、裏木戸から外へ飛びだす。

その足で坂を駆けのぼり、一膳飯屋へ向かった。

暖簾《のれん》越しに様子を窺《うかが》うと、襷《たすき》掛けをした初が酒肴を運んでいる。

客はみるからに柄《がら》の良くない連中で、初に野卑《やひ》な眼差しを送った。

「よう、別嬪《べっぴん》じゃねえか。こっちにきて酒を注げ」

しつこい客に請われ、初は馴れない仕種《しぐさ》で酌をする。

別の男が尻を触った。

「きゃっ」

銚子が土間に落ち、砕けちる。

「何してんだ。この間抜け」

「ごめんなさい、ごめんなさい」

初は見世の親爺にどやされ、泣きながら欠片を片付けはじめる。

梅之進は暖簾の外に佇んだまま、左右の拳を握りしめた。

じわっと、悔し涙が溢《あふ》れてくる。

だが、暖簾の向こうへは駆けこめない。
助けてやりたくても、からだが動かなかった。
泣きながら踵《きびす》を返し、早足に離れていく。
あまりに無力な自分が情けなかった。
「何とかしなければ。何とか」
どこからともなく、尺八の音色が聞こえてくる。
物淋しい音色が、いっそう気持ちを暗くさせた。

十

どこをどう歩いたのか、はっきりおぼえていない。
気づいてみると、看立所のまえに立っていた。
藪医者の筒本《つつもと》敬順は、朝っぱらから酒を喰《くら》っている。
もちろん、患者はいない。
「おや、侍とはめずらしい」
敬順は梅之進を見定め、金になるとでも踏んだのか、相好《そうごう》をくずす。

「腹痛ならば、特効薬を処方して進ぜよう。切り傷刺し傷ならば、針と糸で縫ってさしあげる」

「それにはおよばぬ」

「されば、何用であろうか。借金の取りたてなら、ほれこのとおり、返す金は一銭もない」

敬順はへらついた顔で、両袖を振ってみせる。

「ふざけるな」

梅之進の声がひっくり返った。

敬順は眉間に皺《しわ》を寄せ、のっそり起きあがってくる。

茶筅髷に下がり眉の情けない面だが、存外に上背はあった。

腹も堂々と突きだしている。

上がり端から見下ろされ、梅之進は萎縮《いしゅく》した。

「なあんだ。よくみれば十五、六の若僧じゃねえか。用事があんなら、さっさと言え」

「よし」

梅之進は、乾いた唇もとを舐めた。

「ぼうふら長屋の母娘から、五十両を騙しとったであろう」

「何のはなしやら、さっぱりわからぬ」

空惚《そらとぼ》けた藪医者の顔が憎たらしい。

梅之進は、ぐっと怒りを抑えた。

「日野庄左衛門という陪臣の妻子だ」

「おもいだした。母親が胸を患っておってな。舶来の高麗人参《こうらいにんじん》を授けてやったゆえ、ちと薬代が高くついた」

「嘘を吐くな。騙したのであろうが」

「聞き捨てならぬぞ。わしを盗人《ぬすっと》呼ばわりする気か。おい若僧、調子に乗っておると後悔するぞ」

父親は町奉行所の与力だと言いかけ、梅之進は唾を呑みこむ。

いかなる苦境に陥っても、桃之進にだけは頼りたくなかった。

「おい若僧、あの母娘とどういう関わりがある」

「え」

「え、ではない。助けるために来たのであろうが」

「そうだ」

「知りあいなのだろう。ひょっとして、娘の許嫁か」

「ちがう」

「ならば、腹ちがいの兄妹か」

必死に首を振る梅之進の顔を覗きこみ、敬順は狡賢そうな笑みを漏らす。

「おぬしが肩代わりするなら、相談に乗ってもいい」

冗談ではない。騙されてなるものか。

「どうした。せっかくここまで来たのに、手ぶらで帰るつもりか。ふふ、お察しのとおり、わしはただの藪医者ではない。平たく言えば金貸しの手先でな、わしの後ろには強面《こわもて》の連中が控えておるのよ。おぬしのような小便垂れが首を突っこんでも、怪我をするだけのことだ。さあ、金が無いなら、とっとと失せろ。二度と敷居をまたぐんじゃねえ」

梅之進は何をおもったか、土間にがばっと両手をついた。

「お願いします。このとおりです。お金を返してやってください」

「侍の子が容易く土下座なんぞするもんじゃねえ。いくら頼まれても、できねえものはできねえ。鬱陶しいから、早く出ていけ」

「嫌です」

「口で言ってもわからねえのか」

敬順は奥に引っこみ、大刀を引っつかんできた。

「出ていかねえと、素首を叩っ斬るぞ」

ずらりと白刃を抜き、大股で迫ってくる。

梅之進は金縛りにあったように動けない。

「死んでもいいのか」

脅しとわかっていても、からだの震えが止まらない。

と、そのとき。

辻向こうから、尺八の音色が近づいてきた。

ぴたりと音は止み、人影がひとつあらわれる。

敷居をまたいできたのは、図体の大きな虚無僧だった。

敬順は眸子を剝いた。

「こやつ、許しもなく入ってくるな」

切っ先を振りあげ、怒鳴りつける。

虚無僧は笠も取らず、静かに発した。

「物騒なものは仕舞うがよい」

「わしは憐れみを請いにきたのではない。小悪党に天誅《てんちゅう》を下すべく、天より遣わされたのだ」

「うるせえ」

「何だと、この」

「黙れ。喝……っ」

虚無僧は身を寄せるや、右手を振りあげ、尺八を猛然と振りおろす。

――ばきっ。

板間の一部が粉々になり、埃《ほこり》が濛々《もうもう》と舞いあがる。

尺八の底には、鉄が塡めこまれてあった。

敬順は眸子を丸め、棒のように固まっている。

虚無僧は草履のまま板間にあがり、奥の部屋へ消えた。

戻ってきたときには、小脇に木箱を抱えている。

「あ、それは」

「けっこう貯めたな。貧乏人どもから騙しとった金であろう。貰っておくぞ」

「返しやがれ、どろぼう」

「どろぼうはどっちだ」

「くそっ。ぬりゃ」

敬順は白刃を持ちかかえ、突きかかっていった。

虚無僧は沈みこみ、鉄の尺八で臑《すね》を刈る。

「あぎゃっ」

敬順は耳から板間に落ち、骨の折れた臑を抱いて転げまわる。

「弁慶の泣きどころを砕かれたら、そりゃ痛かろう。敬順よ、金貸しどもに伝えておけ。これ以上、貧乏人をいじめたら、束にまとめてしょっ引いてやるとな」

敬順は返事のかわりに泡を吹き、白目を剝いて気絶した。

梅之進はわけがわからず、正座したまま傍観している。

虚無僧は土間に降り、中腰になった。

「いつまで座っておる。さあ、この箱を携え、哀れな母娘を助けてやるがよい」

「え」

「きちんと事情をはなさねば、母親は受けとらぬぞ。できるか」

「は、はい」

「よし。ついでに、もっとましな住処を探してやるといい」

「承知しました」

「ではな」

去りかけた虚無僧の背中に、梅之進は声を掛けた。

「もしや、馬淵斧次郎さまでは」

「ん、なぜそうおもう」

「ご面識はありませぬが、七方出のお得意な元隠密廻りとお聞きしました」

「さようか。まあ、わしが誰でもよかろう」

「お待ちを。ひとつだけお聞かせください。どうして、お助けくださったのですか」

「はて。子をおもう親の情とでも言おうか」

「え」

「ふふ、なかなか伝わらぬものでのう」

虚無僧は、笠の内で笑ったようだ。

ふと、桃之進の顔が脳裏に浮かぶ。

搔き消そうとしても、なかなか消えない。

ひょろひょろと、尺八の音色が聞こえてきた。

梅之進は、痺《しび》れた足をさすりながら外へ出る。

あっけらかんと空は晴れ、心地よい春風が頬を撫でていった。

十一

弥生十五日に降る雨を、涙雨と呼ぶ者もいる。

向島にある木母寺《もくぼじ》の梅若《うめわか》伝説に因《ちな》んだものだ。

攫《さら》われた我が子の死を知って嘆《なげ》く母の情が、天をも号泣させるのだという。

降りそぼつ雨のなか、葛籠家の面々は屋根付きの花見船を仕立て、柳橋の桟橋から隅田川へ漕ぎだしていった。

「さあて、皆の衆、これより向島までのんびりゆったり、漕ぎすすんでまいりましょうぞ」

幇間役を買ってでた竹之進は、白塗りに紅指しの顔で声を張る。

「われこそは、大坂の陣にて武名を轟かせた葛籠家の末裔、とんちき亭とんまでござい」

船板には青畳が長々と敷かれ、竹之進は舳の手前に座っていた。

桃之進を筆頭に絹と子どもたちが並び、安島と馬淵の顔もある。

それだけではない。

岡崎桂馬が、じつの両親を連れてきた。

花見船を手配したのは岡崎にほかならず、費用はすべて実家持ちだった。

岡崎は桃之進にたいして「自分のせいで向井将監さまから無理難題を言いつけられた」と泣いて詫び、家族ともども花見船に招きたいと申しでたのである。

無論、断るつもりであったが、このはなしを絹から聞いた勝代が「花見船とは粋なはからい。お受けせねばかえって礼を欠く」と言いはなち、そうなれば勝代に従うしかなく、本日の運びとなった。

勝代は艫《とも》のそばにでんと座り、勢揃いした者たちを睥睨《へいげい》している。

そして、この船には特別に、日野庄左衛門の妻子と亀崎伊之助の父親も招かれていた。

日野の妻は本物の高麗人参を服用しはじめてからというもの、目にみえて体調が回復し、何年かぶりで花見ができるまでになった。もちろん、誘った当初は遠慮して断りつづけていたが、梅之進が日参して説き、重い腰をあげさせるところまで漕ぎつけたのだ。

梅之進はふたりのために新たな住まいもみつけてやり、すっかり信用を得ていた。

ただし、初に自分の気持ちを打ちあけてはいない。目も合わせられず、さきほどからむすっと黙りこんでいる。

そうした様子を、馬淵が微笑ましげに眺めていた。

一方、桃之進は馬淵から事のあらましを聞いていたので、梅之進をいつになく頼もしく感じていた。

ともあれ、十三人の客を乗せた船は川面をのんびり渡っていく。

蟲と呼ばれる船頭は三人、力強い渡し唄も聞こえてきた。

「ほら、あれを」

すでに満開を迎えた墨堤の桜が、烟《けぶ》るような雨に映えている。

「花見は薄曇りがよろしい。かえって花弁が鮮やかにみえます」

負け惜しみで発せられた勝代のことばだが、あながち外れてはいない。

「されば一句、ご披露いたしましょう。咲いた花雪と見紛う花見船」

亀助の父伊右衛門が、厳めしげな顔できれいな句を詠んでみせる。

おいしいところを持っていかれ、桃之進は密かに口惜しがった。

雨でもこの機を逃すまいと、川面は大小の花見船に埋めつくされ、墨堤には無数の蛇の目が蠢《うごめ》いている。

「何年かぶりの贅沢《ぜいたく》ですねえ」

勝代は上機嫌で、岡崎の両親に酒を注いでいる。

両親はしきりに恐縮し、不束者《ふつつかもの》の息子をよろしくご指導くださいと、米搗《つ》き飛蝗《ばった》のように頭をさげて何度も頼んでいた。

子をおもう親の情か。

桃之進は、胸を打たれた。

みなを誘い、来てみてよかったかもしれぬ。

絹も嬉しそうで、嫁と姑の諍《いさか》いなど消えてなくなったかのようだ。

持ちこまれた料理はたいしたものではないが、船上で飲み食いするのは気持ちのよいものだった。

船は南北につづく桜並木と絶妙な間合いを保ちつつ、向島の岸辺を舐めるように遡《そ》上《じょう》していく。

三囲《みめぐり》稲荷へ通じる竹屋の渡しから、長命寺《ちょうめいじ》、白髭《しらひげ》神社と通りすぎ、橋場《はしば》の渡しから須田《すだ》村にいたれば、荒《あら》川や綾瀬《あやせ》川との分岐点にあたる鐘《かね》ヶ淵《ふち》がすぐそこだ。

遠くのほうから、読経《どきょう》が聞こえてきた。

「木母寺か」

年に一度盛大におこなわれる大念仏法要であろう。

まるで、川底から声が響いてくるかのようだった。

誰もがじっと耳をかたむけ、しみじみとしてしまう。

おそらく、逝った者や行方知れずとなった者をおもっているのだろう。

「ふはは、とんちき亭とんまにござ候」

白塗りの竹之進が合いの手を促し、剽軽《ひょうきん》な仕種《しぐさ》で踊りだす。

「度胸だめしに読経を聞けば、化け物驚き消え失せる。あちらはあちら、こちらはこちら、浮かれ騒いで本日は浮世の憂《う》さを忘れましょう。さあさあさあ、あげあげあげあげ、若いふたりは恥じらって、交わせぬはなしもあるわいな。花よ咲け咲け酒を呑め、呑めばこの世はこともなし」

幇間の陽気な戯《ざ》れ唄は、座を一気に盛りあげた。

伊右衛門までがゆらりと立ちあがり、中腰で踊りだす。

ただし、日野庄左衛門の妻女だけは、気づかれぬように泣いていた。

やはり、心の底から楽しめないのであろうと、桃之進はおもった。

未《いま》だに、物事は何ひとつ解決していない。

かりそめの浮かれ騒ぎのあとに待っていたのは、信じたくもない一報だった。

十二

岡崎桂馬が死んだ。

遺体は、新川河岸の汀《みぎわ》に捨ててあった。

花見から三日経った朝未《ま》だき、岡っ引きからの急報に跳ねおき、桃之進は脇目も振らずに新川河岸まで駆けた。

岡崎に縫ってもらった傷口は、まだふさがっていない。

傷の疼《うず》きに耐えながら、瀬戸物の欠片を踏みしめ、遺体の横たわる汀へと進む。

岡崎桂馬は、筵《むしろ》のうえに寝かされていた。

先着した安島が、目を赤くさせている。

「葛籠さま、死んじゃならねえやつが死んじまった」

ひとりごち、淋《さび》しげに遺体をみつめる。

桃之進はただ、呆然と立ちつくした。

涙も出てこない。

遺体を目にしても、岡崎の死が信じられなかった。

「溺死ですよ。こいつは酒が弱かった。なのに、呑まされておりました。大量に呑まされてふらふらになったところで、顔を水に浸《つ》けられたのでござる」

外傷らしきものは見当たらず、死に顔もきれいで眠っているかのようだった。

それが、せめてもの救いか。

「桂馬っ、うわあぁ」

突如、女の悲鳴があがった。

振りむくと、花見船を仕立ててくれた岡崎の双親《ふたおや》が立っていた。

母親は自分を見失い、父親は途方に暮れている。

ふたりを呼びにいった馬淵は、唇を嚙《か》みしめていた。

「……いったい、どうしてこんなことに」

父親はがっくり膝をつき、息子のもとへ躙り寄る。

母親は遺体をみることができず、両手で顔を覆った。

みな、黙っている。

野次馬から、啜り泣きが漏れてきた。

雨はいっそう激しさを増し、雨粒が地べたを叩きつける。

父親は息子の遺体に筵を巻きつけ、しきりに囁きかけている。

何を言っているかはわからない。

濁流が土手の面を洗っていた。

そこへ、船手役人たちが騒々しくやってきた。

「おら、退け退け」

先陣を切ってあらわれたのは、猿江の船番所に行かされたはずの篠田喜重郎だ。

篠田は目敏く桃之進をみつけ、険しい顔で近づいてくる。

「ついに、船手方から死人が出た。あんたのせいだ」

どうしてと、聞き返す気力もない。

おそらく、岡崎は手柄をあげることで、桃之進を巻きこんだことへの罪滅ぼしをしたかったのだろう。そして、調べをすすめるなかで、何か重要なことをみつけた。みつけてしまったがゆえに、命を縮めてしまったのだ。

「最初に言ったはずだ。素人は首を突っこむなとな。あんたは忠告を無視した。のらく者のくせに、手柄を焦ったあげくがこれだ」

悪態を吐く篠田に向かって、安島が嚙みついた。

「同心のくせに、その態度は何だ。葛籠さまに無礼であろうが」

撲《なぐ》りかかろうとする安島を、桃之進は止めた。

「やめろ」

悪態でも何でも、吐かせておけばいい。

ついでに、頬の一発でも撲ってほしいとさえおもった。

「さあ、屍骸《むくろ》を戸板に乗せろ」

篠田の掛け声で、船手役人たちが動いた。

ところが、岡崎の両親が遺体にしがみついて離れない。

「嫌だ、嫌だ。桂馬は渡さない」

母親は必死に叫び、傍でみている者たちの胸を締めつける。

篠田が「仲間内で荼毘《だび》に付すのだ」と説いても、両親は遺体を渡そうとしない。

生前から確執でもあったのだろうか。

船手役人どもは困惑し、あきらかに迷惑がっている。

岡崎のことはどうでもよく、世間体を慮《おもんぱか》って足を運んだにすぎまい。

「ふん、勝手にせい。所詮《しょせん》は商人の倅。わしらの仲間ではないわ」

篠田は怒りもあらわに本音を吐き、役人どもを引きつれて去った。

桃之進は身を寄せて屈み、母親の肩にそっと触れる。

「われわれで、手厚く葬ってやりましょう」

両親は拝みながら、何度もうなずいてみせる。

遺体の袖口からは、裁縫袋が覗いていた。

「こ、これは……」

母親は裁縫袋を取りだし、さめざめと泣いた。

「……わたしが、この子に持たせたものです」

武家の養子になっても、苦労しないようにとの願いを込めて、お守り代わりに持たせたものらしい。

海猫に裂かれた腹の傷よりも、心に受けた傷のほうが疼いている。

泣いているのを悟られぬように、桃之進は顔を曇天に向け、弾丸のごとき雨粒の叩きつけるに任せた。

三章　火中の栗

一

——日本橋で牛が暴れている。

耳を疑うような急報を受け、桃之進は半信半疑のまま大路を突っ走った。

ときは春たけなわ、岡崎桂馬の死から十日ほど経った。本所の回向院では勧進相撲がはじまり、江戸湾では鱚《きす》や鰈《かれい》が釣れだした。桜花は散って菜の花が咲き、木々は新緑に彩《いろど》られ、小石川《こいしかわ》や根岸《ねぎし》の里では不如帰《ほととぎす》の初音を聞いた者もいるという。

たいていのことでは驚かない江戸っ子も、日本橋で牛が暴れている光景は想像もできなかった。まさに、椿事《ちんじ》である。目に焼きつけておかねば損をする。この機を逃すまいとして、人々は仕事を投げだし、奉公先から飛びだし、日本橋に向かってひた走った。

「それ、行けい」

息巻く人間どものすがたこそが暴れ牛そのものにほかならず、老人や女子供は恐怖に縮《ちぢ》みあがった。

桃之進が日本橋に達したころ、南北の橋詰は野次馬どもで溢《あふ》れかえり、三社祭のときのように往来は見物人で埋めつくされ、立錐《りっすい》の余地もないほどだった。

ところが。

「肝心の牛は」

いない。

血塗《ちまみ》れになって魚河岸を駆けぬけ、芝居《しばい》町に躍りこむや、木戸芸者を三人ばかり角で突き、巨体をぶつけて市村《いちむら》座の櫓《やぐら》を倒壊させたとか。役者も客も逃げまどい、今や芝居町は混乱の坩堝《るつぼ》と化しているとか。噂だけは駆けめぐったが、どこまで真実かわからない。

ともかく、桃之進は群衆に揉みくちゃにされながら走りつづけた。

「牛は、牛はどこだ」

誰もが暴れ牛をみようと、血眼で探しもとめている。

必死に駆ける人々のすがたは、傍から眺めれば滑稽《こっけい》だが、みな、牛のことしか頭にない。

魚河岸を駆けぬけ、芝居町へ向かう。

途中で何人かが川に落ち、そこらじゅうで小競り合いがはじまり、罵声《ばせい》や怒声《どせい》が飛びかった。鰯《いわし》の頭で叩かれて鼻血を流す者や、褌《ふんどし》一丁で駆けまわる阿呆《あほう》もいる。

芝居町に着いてみると、どうしたわけか、閑寂《かんじゃく》としていた。

市村座の櫓が倒壊した形跡もない。

ただ、牛はやってきたらしかった。

人形町《にんぎょう》通りを横切る際、車夫を荷車ごと吹っ飛ばし、猛り狂った形相で長谷川町《はせがわ》の袋小路へ突っこんでいったという。

芝居町をあとにするころには、物見高い連中も数を減らしていた。

「暴れ牛なんぞいねえのさ」

という噂がひろまり、自分たちが踊らされていることに気づいたのだ。

だが、牛はいた。

凶器のかたまりと化した気性の荒い雄牛は、袋小路の裏長屋で暴れまわっていた。

嬶《かか》ぁたちは悲鳴をあげ、老人子供は逃げまどう。

そうした住人たちを尻目に、牛の興奮は頂点にのぼりつめていった。

桃之進は袋小路を駆けぬけ、裏長屋へ通じる木戸口までやってきた。

「どこだ、牛はどこにおる」

全身汗みずくで、髷は乱れるに任せている。

見掛けは鎧《よろい》を脱いだ落ち武者のようだが、このところ鍛《きた》えているせいか、疲れは感じない。

「牛はどこだ」

声を張ったところへ、女の悲鳴があがった。

「助けて、誰か助けてください」

男たちに両脇を抱えられ、若い母親が泣き叫んでいる。

乳飲み子が置き去りになってしまったのだ。

「放して、放して……誰かよし坊を、よし坊を助けてください」

母親は腰を抜かしており、歩くこともままならない。

木戸口には角で腹を突かれた老爺が蹲《うずくま》り、呻き声を漏らしている。

血塗れの男や女も何人か見受けられ、牛の凶暴さが窺《うかが》い知れた。

男たちが二の足を踏むのもわかる。

木戸の向こうには、濛々《もうもう》と土埃が舞っていた。

「旦那、危ねえ。こっからさきに行くのはおよしなせえ」

木戸番の忠告を無視し、桃之進は木戸の内側へ踏みこんだ。

どぶ板はひっくり返り、吐き気を催すほどの臭気が漂っている。

牛のすがたもなければ、人影もない。

部屋に残された乳飲み子は、無事なのだろうか。

桃之進は焦《あせ》りを募《つの》らせ、一歩一歩近づいていく。

「うっ」

殺気を帯びた気配を感じ、ぴたりと足を止めた。

「おったな」

十間ほど前方だ。

傾きかけた柱の陰から、のっそりと黒い影があらわれた。

「でかい」

牛だ。

想像したよりも、遥かに大きい。

血走った眸子《まなこ》、血塗れの角、黒い天鵞絨《ビロード》の巨体を支える隆々《りゅうりゅう》とした四肢《しし》。おとなしい農耕牛の印象とはほど遠い。

──ふっ、ふっ、ふっ。

白い鼻息を吐きながら、襲撃の機会を狙《ねら》っている。

野獣なのだ。

動く者とみれば、脇目も振らずに突進するのだろう。

「待ってろ、もうすぐ逝《い》かせてやる」
桃之進は肩の力を抜き、そっと語りかけた。
牛は太い首をめぐらせ、こちらを睨《にら》みつける。
口から涎《よだれ》を滴《したた》らせ、山狗《やまいぬ》のように低く呻《うめ》いた。
「物狂いめ」
何がそうさせたのかはわからない。
ただ、正気を失っていることだけは確かだ。
静寂を打ちやぶり、黒い鋼《はがね》を纏《まと》った獣は地を蹴った。
――どどどど。
土埃とともに、気のかたまりが迫りくる。
無論、牛など斬ったことはない。
これは悪夢か。
桃之進のわずかな迷いは、闘神の鼻息に蹴散らされた。
「ぬわっ」
鋭い角が正面から突きあげてくる。
そのとき、自然にからだが動いた。

横飛びに躱《かわ》し、躱しながら白刃を薙《な》ぎあげる。

——びゅん。

宝刀孫六の切っ先は、猛牛の首に迫った。

綱のような脈を断つ。

——ぐふっ。

暴れ牛は血飛沫《ちしぶき》を撒きちらし、なおも疾駆《しっく》していく。

「うわああ」

野次馬たちが四散した。

牛は木戸の手前でことされ、どおっと倒れていった。

土埃が舞いあがり、辺りは張りつめた沈黙に包まれる。

孫六の切っ先から、血が滴りおちた。

木戸口に集まった人々は、空唾を呑んでいる。

と、そのとき。

九尺長屋の片隅から、乳飲み子の泣き声が聞こえてきた。

この世に生まれおちたときの産声にも似て、天をも突かんとする泣き声は人々の心を揺さぶる力を持っている。

「よし坊、よし坊」

男たちに支えられながら裸足で駆ける母親の後ろ姿をみつめながら、桃之進は孫六を鞘に納めた。

もちろん、葬った暴れ牛が近江の種牛であることなど、想像するべくもないことだ。

「南無……」

桃之進は両手を合わせ、小山のような黒いかたまりに祈りを捧げた。

二

梅之進は、凄まじい光景を目《ま》の当たりにした。

養父の桃之進が、暴れ牛を一刀のもとに斬りすてたのだ。

「ほんとうに剣客だったんだ」

誇らしさが湧きあがり、我知らず駆けだしたくなったが、木戸口に詰めかけた群衆のなかに怪しい男をみつけ、おもいとどまった。

男は、蒼白な顔でつぶやいた。

「次郎丸、次郎丸……」

涙を流しながら、牛をみつめていた。

誰もが乳飲み子の無事を喜び、桃之進に賞賛の声を送るなか、その男だけは死んだ雄牛に両手を合わせ、経まで唱《とな》えはじめたのだ。

男の背後には、禿頭の大男が立っていた。

「あっ」

まちがいない。

鮫肌の与三郎だ。

梅之進は、夜鷹屋を束ねる男の顔を見知っている。

喰違御門で声を掛けてきた夜鷹から、日野庄左衛門といっしょにいた金猫の素姓を聞き、鮫ヶ橋谷丁に屋敷を構える与三郎の顔を覗きにいったのだ。

心ノ臓が高鳴るのを感じた。

与三郎といっしょの男は、日野庄左衛門ではないのか。

与三郎とその男は木戸から離れ、物見高い人々の群れから遠ざかっていく。

当然のように、梅之進は追いかけた。

初の喜ぶ顔を思い浮かべながら、必死にふたりの背中を追った。

さきを急ぐふたりは鎌倉河岸に向かい、濠をぐるりとめぐって番町から麴町《こうじ》にいたった。さらに、四谷御門を抜けて甲州《こうしゅう》街道を西へたどり、内藤新宿《ないとうしんじゅく》の大木戸跡まで約二里の道程を早足に進む。さらにそのさきで、青梅《おうめ》街道との追分をも越え、高札を横目に眺めて進めば、千駄《せんだ》ヶ谷《や》へたどりつく。

「田圃ばかりだな」

ふたりは玉《たま》川と目黒《めぐろ》川の分岐で左手に曲がり、川沿いの道を南へたどった。

右手にひろがる大きな屋敷は彦根藩の下屋敷、正門を過ぎて左手斜め前方には鎮守の八幡神社がある。

どこまでもひろがる田圃の随所には、竹林や杉林が見受けられた。

ふたりは、鬱蒼とした杉林に踏みこんでいく。

しばらく隧道《ずいどう》のような暗い道を進んでいった。

不安が募る。

梅之進は何度も踵を返しかけたが、おもいとどまった。

さきに行く人物が日野庄左衛門ならば、どうにかして接触をこころみ、妻子のもとへ戻るよう、説得しなければならない。残された者たちがどれだけ心配し、帰りを待っているのかを訴え、日野の心を動かしたいとおもった。

それにしても、どこまで行くのだろうか。

ここが彦根藩の上屋敷に近いことも引っかかる。

ひょっとしたら、桃之進に成敗された暴れ牛は、彦根領内から運びこまれた近江牛だったのではあるまいか。

それがなぜ、日本橋の辺りを彷徨《うろつ》いていたのか。

しかも、どうして狂ったように暴れてしまったのか。

考えれば考えるほど、疑念が湧いてくる。

ようやく、隧道を抜けた。

杉林の向こうに百姓屋があり、ふたりは白い卯《う》の花に覆《おお》われた垣根の向こうに消えていく。

「ここか」

怪しい気配を察し、外に潜んで様子を窺うことにした。

それから半刻が経過しても、何ひとつ動きはなかった。

内も外も静かなもので、風にざわめく木々の音しか聞こえてこない。

垣根の内を覗きたい衝動に駆られ、梅之進は這うように忍びこんだ。

一度退いて助っ人を頼むよりも、おのれの力でどうにかしたかった。

猛牛を斬った桃之進のすがたが、残像となって目に焼きついている。おのれひとりの力で手柄をあげ、桃之進に褒《ほ》めてもらいたい。などと、今まで一度も抱いたことのない気持ちになっていた。

母屋の表口までは、半町余りも離れている。

簀戸から内へ忍びこむと、庭の外周路がつづいていた。

人影もないので慎重にたどると、母屋の裏手へ出た。

「ん」

土蔵が五棟も並んでいる。

みるからに頑丈そうなつくりだ。

いつのまにか、午後の陽光は西にかたむきかけている。

焦りが募った。

人気《ひとけ》のないことを確かめ、蔵のひとつへ近づく。

錠《じよう》もおりておらず、石の扉もなかば開いていた。

「ええい、ままよ」

勇気を出して踏みこむ。

鰻《うなぎ》が隙間にはいりこむ要領だ。

「あっ」

山積みにされた酒樽が、目に飛びこんできた。

奥の暗がりまで、びっしり詰めこまれている。

酒樽の焼き印から、剣菱とわかった。

高価な伊丹の下り酒だ。

動悸の高鳴りを抑えきれない。

旺盛な好奇心も抑えきれない。

止めておけばよいものを、二番目、三番目、四番目と、梅之進は蔵を矢継ぎ早に覗いていった。

二番目の蔵は酒樽が詰めこんであり、三番目と四番目は米俵が山と積まれていた。

「まちがいない」

不正な手段で集められた米と酒なのだろう。

世の中が飢饉《ききん》で疲弊しているさなか、これだけの米と酒を貯めこんでいるだけでも罪深いことだ。

さらに、五番目の蔵へ忍びこむと、薬の匂いに鼻をつかれた。

干し鮑《あわび》や鱶鰭《ふかひれ》といった高価な俵物も山と積まれている。

「薬種に俵物」

抜け荷の品であろうか。

もっと近づこうとして、足許の壺に蹴躓《けつまず》く。

「あっ」

鶴首の壺が倒れ、粉々に割れてしまった。

「おいおい、勘弁しろ」

突如、背後から叱責《しっせき》の声が響いた。

「そいつはな、明朝《みんちょう》の青磁《せいじ》だぜ」

振りむくと、禿頭の大男が佇《たたず》んでいた。

三

牛退治の半日後。

梅之進が裏長屋の木戸口に佇んでいたことなどつゆ知らず、桃之進は小舟に乗って深川へ向かった。

佐賀町の油堀から千鳥《ちどり》橋を通りすぎ、閻魔《えんま》堂《どう》橋のさきで岐路を右手にすすむ。門前《もんぜん》仲町《なかちょう》で陸にあがり、目抜き通りに居並ぶ酒楼を仰ぎつつ、一の鳥居を潜《くぐ》って横道に逸《そ》れ、青提灯《あおちょうちん》に『小田原《おだわら》』と書かれた鮟鱇《あんこう》鍋屋の暖簾《のれん》を振りわける。

駄洒落《だじゃれ》の好きな見世の親爺が、提灯鮟鱇と小田原提灯を掛けて店名とした。小田原といえば北条《ほうじょう》、北条と豊穣を引っかけ、世の中がいくら飢《う》えようとも見世に食材の絶えることはないとの触れこみらしい。

奥の床几には先客があった。

安島左内と馬淵斧次郎だ。

腰を落ちつけると、親爺がさっそく顔を出した。

「よう、のうらく者。暴れ牛を斬ったそうだな」

ぞんざいな口を利く親爺は、勘定所の元同僚だった。

名は冬木源九郎《ふゆきげんくろう》、五年前に侍を辞め、鮟鱇の吊し切り職人になった。

いっときは女房子どもに愛想を尽かされ、双親にも見放されたが、二年ほどまえから繋がりを取りもどしつつあるという。理由は絶品の鮟鱇鍋にありつけるからだと、冬木は笑った。

店内が賑わっているにもかかわらず、冬木はなかなか去ろうとしない。

「鮟鱇にも飽きた。牛を食わせる獣肉屋にでもなろうかとおもってな」

四角い包丁を振りまわし、喋りつづける。

「ただの牛ではないぞ。近江牛だ。葛籠よ、近江牛の味を知っておるか。あれは美味いぞ。この世のものとはおもえぬほどにな。手に入れるのは難しいが、方法はないこともない。どうするとおもう」

「さあな」

「ふふ、井伊家の御献上肉を掠《かす》めとるのよ」

真実とも嘘ともつかぬことを口走り、冬木は彦根藩の「御肉御献上」なる慣習を説きはじめる。

「家康公が勧《すす》められて近江牛を口にしたところ、まことに美味なうえに十も若返ったような心地をおぼえて以降、将軍家にとっては必須の『薬』として重んじられるようになったのさ」

獣肉を忌《い》み嫌う多くの者たちも、飢饉のときに食べた経験などから農耕牛の味を知っている。だが、戒律や習俗の縛りから好んで食さない。

「近江牛だけは別格よ。御献上の『薬』として遍《あまね》く知られておるゆえ、見世で出せばかならず評判になろう」

「冬木、もうわかった。そろそろ、鮟鱇を頼む」

「ふはは、任せておけ」

桃之進に催促され、冬木は豪快に嗤いながら奥へ消えていった。

さっそく、安島が身を乗りだす。

「かの冬木さま、存外に鋭い方ですな」

「どうして」

「葛籠さまが斬った牛、近江牛でございました」

「さようか」

「おや、驚きませんな」

「そんな気がしておった」

「甲州街道から運ばれてきたようです」

「牛のたどった道筋を調べたのか。おぬしにしては、素早いな」

「調べたのは、馬淵です。馬が牛のことを調べたというわけで、ぬへへ」

軽口を叩く安島を黙らせ、桃之進は馬淵に向きなおる。

「牛飼いをみつけたのか」

「いいえ、牛を運んだ連中です。もっとも、そやつらは荷運びに雇われた近在の農民にすぎず、事情は聞かされておりません」

農民たちは手配師に指示されたとおり、朝未だきに内藤新宿の大木戸跡へ向かうと、大きな牛を連れたふたりの男がやってきた。

「ひとりは痩せて小柄な男で、もうひとりは禿頭の大男だったとか」

農民たちは禿頭の男に命じられ、甲州街道をたどって四谷、さらには神田川に沿って小石川へと向かった。そして、牛を連れて安藤坂下の牛天神に参《まい》り、厄除《やくよ》けをしたという。

牛天神では、侍が三人待っていた。

「羽織の家紋は竹に雀」

「仙台笹《せんだいざさ》か」

伊達家仙台藩の藩士たちであろうと、農民は合点した。

「藩士のひとりが、うっかり『これが近江の種牛、次郎丸か』と漏らし、ほかのふたりに叱責されたのだとか」

「わしが斬ったのは、貴重な種牛であったか」

「そのようですな」

「で、牛の一行は」

仙台藩の藩士とおぼしき侍は随行せず、農民たちは禿頭の男に命じられて中山道をたどり、日本橋へ向かった。

「そして、橋の北詰に差しかかったあたりで、突如、怪しげな連中に襲われたのだそうです」

「怪しげな連中か」

「はい。少なくとも五人はおったとか。いずれも月代頭の侍で、顔は隠しておりません。されど、短いあいだの出来事ゆえ、あらためて顔をみてもわからぬだろうということです」

侍たちは白刃を抜き、雄叫びをあげながら襲いかかってきた。

驚いた牛が暴れだし、農民のひとりを角で突いた。牛のほうも混乱のさなかで傷を負い、半狂乱の体で逃げだした。暴れ牛となって魚河岸から芝居町へと突進し、長谷川町の袋小路へ逃げこんだ。

「そこからは、おわかりでしょう」

桃之進の出番と相成った。

「なるほど、それが顚末《てんまつ》か」

「もうひとつ、農民たちは鎧の渡しから船便を使うと言われていたそうです。念のため、中川御船番所へ早駆けで問いあわせたところ、おもしろいことがひとつわかりました」

「何だ」

「はい。仙台藩の荷船改め伺いのなかに、さまざまな荷にまじって『牛一頭』と書かれたものがあったそうです」

「それが、次郎丸であったと」

「おそらくは」

つまり、彦根藩にとって領外持ち出し厳禁であるはずの種牛が、仙台藩の領内へ運ばれようとしていたのだ。

「価値の高い近江の種牛は、売れば一頭で五百両は下らぬそうです」

「厄払いまでしたとなれば、盗品かもしれぬ。仙台藩はそれを承知で買いいれたものの、何者かの邪魔がはいった」

「彦根藩の連中が事前に察知し、奪いかえそうとしたとも考えられます」

「ずいぶん間抜けな連中ではないか。何も、江戸で一番賑わう日本橋で狙わずともよかろうに」

「よほど焦っていたのでしょう」

あるいは、種牛を知る彦根藩の藩士たちが、たまさか日本橋で牛を見掛けたのかもしれない。

「なるほど」

いずれにしろ、牛は全員の思惑を飛びこえ、地獄の一丁目とも言うべき袋小路に突進していった。

「そうか、次郎丸か。何やら、可哀想なことをしたな」

ほっと溜息を吐いたところへ、冬木が白い湯気とともにやってくる。

「お、きたぞ。鮟鱇鍋だ」

安島左内が、嬉しそうに叫んだ。

四

家に戻ってみると、絹が泣きそうな顔で訴えた。

「梅之進がおりません。夕餉にもすがたをみせず、どこへ行ったのか心配でなりません」

「竹之進といっしょではないのか。近いうちに深川の茶屋へ連れていき、大人の修行を積ませるとか言うておったからな」

「まあ、竹之進どのが」

「案ずるな。そのうちに帰ってくる」

「でも、胸騒ぎがいたします」

ふたりのやりとりを聞きつけた勝代が仏間から顔を出すなり、桃之進を一喝した。

「そこになおれ」

「え、何ですか」

「なおれと申しておる」

凄まじい剣幕に気圧《けお》され、玄関の三和土《たたき》に正座する。

「母上、どうなされたのです」

「どうしたもこうしたもない。牛を斬ったそうじゃな」

「ええ、斬りましたよ」

「やはり、真実であったか。牛殺しの葛籠桃之進などと、ご近所さまに綽名を付けられておるのじゃ」

「牛殺しの。ははあ、なるほど」

「感心しておるときか。不浄なことをしでかしおって。牛が神の使いであることを知らぬのか」

「存じております。ただ、本日は仕方なく」

「言い訳は聞かぬ。かならずや、天神さまの祟《たた》りがあろう。牛は菅公《かんこう》の眷属《けんぞく》ゆえな。おぬしは、雷に当たって死ぬのじゃ。どおん」

勝代は脅しの文句を吐き、その場を去ろうとする。

と、そこへ。

舎弟の竹之進が暢気《のんき》な顔で帰ってきた。

「やあ、牛殺しの桃之進どのではござらぬか。そこで何をしておられる」

「うるさいっ」

桃之進は立ちあがり、痺《しび》れた脚をさすった。

「おぬし、ひとりか。梅之進はどうした」

「存じませぬが」

すかさず、勝代が口を挟む。

「ほうれ、言わんこっちゃない。これこそ天神さまの祟りじゃ。梅之進は神隠しに遭ったのです。絹、祈禱《きとう》師を呼びなさい」

「おことばですが、お義母さま。神頼みで梅之進は戻りませぬ」

「嫁の分際で口ごたえいたすのか」

「この際ですから、言わせていただきます。梅之進のことに関しては、今後一切口出し無用に願います」

「何じゃと。牛殺しの女房めが」

「そちらこそ、牛殺しの母親でしょう」

取っくみあいにでもなりそうな姑と嫁を残し、桃之進は外へ逃げだした。

「兄上、拙者もお手伝いしましょうか」

竹之進がふらついた腰つきで従いてくる。

「おぬし、酔うておるな。くそったれめ、どいつもこいつも、身勝手なやつらばかりだ」

板塀を蹴りつけると、ばりっと破れてしまった。

「若、どうなされた」

草履取りの伝助が、慌てた様子で駆けてくる。

「おう、伝助か。おぬしだけが頼りだ。梅之進の行きそうなところは知らぬか」

「あれ、てっきり若とごいっしょかと」

「どうして」

「暴れ牛の急報がはいったあと、梅之進さまが若の背中を追いかけるのをみかけたものですから」

「ほんとうか」

梅之進が追いついたとすれば、暴れ牛が長谷川町の袋小路に突っこんでからの一部始終をみていたことになる。

「長屋の木戸口から消えたというのか」

凶事にでも巻きこまれたのだろうか。

「それとも」

ひょっとしたら、牛から日野庄左衛門を連想し、妻子のもとへ足を向けたのかもしれない。

梅之進には新しい住まいを聞いてある。神楽坂《かぐらざか》だ。

「伝助、あとを頼む」

「え、あとってのは何です」

「嫁と姑の喧嘩、顚末を見届けておいてくれ」

「へえ」

不満げな草履取りを残し、桃之進は尻を端折《はしょ》って駆けだした。

五

母娘の移り住んだ神楽坂上の仕舞屋《しもたや》を訪ねても、梅之進があらわれた形跡はなかった。

応対に出た初は心配そうにしていたが、いっしょに捜したいと申し出られても迷惑なだけのはなしだ。

丁寧に礼を言って辞去し、その足で鮫ヶ橋谷丁へ向かう。

近江の種牛、日野庄左衛門とくれば夜鷹屋の与三郎、梅之進はそんなふうに連想したような気がした。

夜鷹屋を訪ねてみたが、鮫肌の与三郎はいなかった。

意気消沈した面持ちで谷底へおりていくと、芥山の狭間に白い女の顔がぽっと浮かんだ。

幽霊か。

いや、みたことがある顔だ。

「おけい」

という名が口を衝いて出た。

ほかに人影はみえず、おけいは柳腰を揺らして近づき、妖しげに微笑む。

「牛殺しの旦那でしょう」

「ふん、回向院の金猫がどうしてここにおる」

「尾《つ》けたんですよ。夜鷹屋でお見掛けしたものでね」

「おぬし、与三郎に抱えられておるのか」

「表向きはそうですよ」

「なるほど、裏は海猫の情婦というわけだな」

「うふふ、何でもおみとおしなんですね」

おけいの顔から、笑みが消えた。

「お察しのとおり、あたしゃ海賊の情婦だよ。縄を打つかい。打っても仕方ないとおもうけど」

「何で」

「口を割るまえに、舌を噛《か》んでみせますよ」

どうやら、本気のようだ。

「ほほう。そこまで海猫の軍内に義理だてするのか」

「惚れていますんでね」

「なるほど、男に惚れた女ほど厄介《やっかい》なものはない」

盗みでも人殺しでも、男のためなら平気でやってしまいかねない。

「よくご存じで」

「ところで、何の用だ」

「ご子息のことですよ」

「何だと、梅之進を拐《かどわ》かしたのか」

おもわず身を寄せると、おけいは一歩後退《あとずさ》る。

「助けてほしけりゃ、お金をくださいな」

「強請《ゆす》る気か」

「そんなつもりじゃなかったけど、ご子息のほうから飛びこんできたんでね。それならひとつ、利用しない手はない」

「海猫がそう言ったのか」

「そうですよ。うふふ、金猫は海猫の使いなんです」

――海猫を慕う金猫猫尽くし。

こんなところで、どうでもよい川柳が浮かんでくる。

桃之進は雑念を振りはらい、おけいに探りを入れた。

「いくら欲しい」

「五百両」

間髪入れず、おけいは言った。

桃之進は、鼻で笑うしかない。

「ふん、払えるとおもうか」

「無理でしょうね。でも、やりようはござんすよ」

「教えてほしいものだな」

おけいはもったいぶるように間を空け、三白眼に睨みつける。

「将監屋敷の吟味方筆頭与力、浦川隼人正はご存じですよね」

「ああ、知っておる。浦川さまがどうした」

「うふふ、悪党なんですよ。組頭の篠田喜重郎ともども、わたしらからさんざん金を搾《しぼ》りとっておいて、危なくなったら切ろうって腹なんです」

「そのはなしを信じろと」

「信じなくてもけっこうですよ。でも、仕舞いまでお聞きくださいな。今から一年ほどまえ、向こうのほうからわたしらに連絡を取ってきたんです。浦賀水道を自由に行き来できる通行手形を出してやるから、報酬を寄こせとね」

　しばらく様子眺めをしたうえで、海猫の軍内は浦川のはなしに乗った。波よけ稲荷の絵馬棚を使う手の込んだ方法も、篠田を通じて浦川のほうから提案してきたのだという。

「わたし、篠田を骨抜きにして、浦川の弱味を聞きだそうとしたんです。ところが、浦川ってのは強《したた》かなやつで、なかなか尻尾を出さない。三度ほど通行手形のやりとりをやって、ふたり合わせて千両箱一個分くらいの分け前は払ってやりましたよ」

　そうこうしているうちに、篠田が縄張りちがいの猿江御番所へ移された。

「それからですよ。腐れ役人どもの態度が変わったのは」

　これ以上、危ない橋は渡ることができないと踏み、海猫との繋がりを消しにかかろうとしていると、おけいは言う。

　桃之進は、怒りを抑えきれなくなった。

「岡崎桂馬の死は、そのことに関わっているのか」

「お若い船手同心のことですね。よくは知りませんけど、そのおひと、浦川と篠田が怪しいと踏んだのでしょうよ。何か証拠でも掴んだのかもしれない。きっと、そのせいで命を縮めちまったんだ」

「殺ったのは誰だ」

声を震わせる桃之進に向かって、おけいは冷たく言いはなつ。

「浦川隼人正の指示で篠田が殺ったんだろうって、海猫のおかしらは言いましたよ。酒を呑ませて水に浸け、溺死したようにみせかける。そいつは船手番所の連中がよく使う手だって」

「そ、そうなのか」

「おや、ご存じない」

おけいは、わざと驚いた顔をする。

「お若い同心が亡くなったのは、旦那のせいかもしれませんね。旦那が余計なことに首を突っこまなければ、こんなことにはならなかった。船手番所の腐れ役人たちも、あたしら海猫の一党も、もっと美味い汁が吸えたかもしれない。よくよく考えてみりゃ、旦那のせいで稼ぎがなくなったようなものだ。さっきの五百両は、罪滅ぼしとお考えくださいな。それから、旦那の斬った近江牛のことですけど、あれは高価な種牛らしくてね、売れば五百両はするそうです」

つまり、五百両は牛殺しの穴埋めでもあるという。

桃之進は掠れた声で、急くように問いただす。

「教えてくれ。海猫の軍内が、あの種牛を盗んだのか」

「たまさか、風神丸に種牛が乗せられていたんですよ」

「え、風神丸に」

「彦根藩のお偉方にも悪党がいるみたいでね、金欲しさに国許から種牛を盗ませ、江戸まで運んで売ろうとしたんです。ところが、牛は運悪く、海賊に襲われた荷船の荷として積まれていた」

勘のはたらく軍内は、種牛の価値を一発で見抜いた。

ところが、飼育の仕方を知らず、ほとほと困った。

売るとすれば、当面は死なせるわけにいかないからだ。

牛といっしょに乗っていた牛飼いは、軍内の手下に斬られ、瀕死の重傷を負ってしまった。その牛飼いが、いまわの際に漏らした侍の名が「日野庄左衛門」であったという。

「江戸で種牛の世話ができるのは、日野庄左衛門というお侍しかいない。何でも、死んだ牛飼いの従兄《いとこ》だとか」

従弟は種牛の飼育を任された百姓の倅《せがれ》だったが、悪党に誘われて金欲しさに種牛を盗み、風神丸に積んだまではよかった。ところが、江戸に達する手前で運が尽きたのだ。

「うふふ、悪いことはできないものですね」

おけいは軍内に命じられ、日野に近づいた。

「危ういところでしたよ。まさか、首を吊って死ぬ気だったなんて、おもいもよりませんでしたからね。そういえば、日野庄左衛門に首吊りをおもいとどまらせたのも、旦那だったんでしょう。これもご縁ですかねえ」

牛がもたらした縁かもしれない。

おけいによれば、五十両で種牛の世話をしてほしいと頼んだところ、日野は悩んだすえに諾した。ひとつには病気の妻の薬代が欲しかったからだが、諾した大きな理由は種牛のことが案じられてならなかったからだという。

「ご本人から聞いたんですよ。あの方、ひとさまよりも牛のほうを好いておいでみたいで」

桃之進は、ちくりと胸の痛みをおぼえた。

「されど、次郎丸は死んだ。わしの手に掛かってな」

次郎丸の死とともに、日野庄左衛門の役割も終わったはずだ。

「いいえ、まだ終わっちゃいないんですよ。太郎丸っていう種牛がもう一頭おりましてね」

「何だと」

盗まれた種牛は、二頭いたのだ。

「そっちのやつも、軍内は仙台藩へ売る気なのか」

「仙台藩にかぎったはなしじゃありませんよ。闇で競《せ》りにでも掛けりゃいいんです。貴重な種牛があと一頭しかいないとわかれば、落札金も天井知らずとなりましょうから」

「なるほど」

太郎丸が闇市で売れたとき、それは日野庄左衛門の命が尽きるときでもあると、桃之進はおもった。

「鮫肌の与三郎は、軍内とどういう間柄だ」

「じつの弟なんですよ。だから、与三郎はあたしに頭があがらないんです」

桃之進は、じっくりうなずいた。

おけいのおかげで、多くの謎が解けたような気もする。

「いかがです。筋は通っておりましょう」

「そのようだな」

「浦川隼人正を強請っていただけますよね」

「かりに強請ったとして、拒まれたらどうする」

「ふん」

おけいは顔色も変えず、さらりと言ってのけた。

「斬っちまってくださいな」

「え」

「何も驚くことはないでしょう。ついでに、篠田も殺っちまってくださいな。腐れ役人どもの命を断っていただければ、五百両はチャラにいたしますよ」

「最初から、それが狙いだったのか」

「うふふ、旦那は海猫のおかしらと互角にわたりあったほどの手練《てだ》れ。しかも、牛殺しの見事な手並みを拝見し、おかしらは確信したんです。旦那に任せりゃ、仕損じることはないってね」

「軍内は、あの場におったのか」

「ええ、そうですよ。あたしも木戸口におりました。それから、梅之進っていうご子息もね」

「やはり、そうであったか」

梅之進は木戸口に佇み、牛殺しの一部始終をみていたのだ。

「ご子息をみつけたのは、わたしなんです。みつけちまったせいで、軍内にあとを尾けろって言われて、千駄ヶ谷くんだりまで付きあうはめになっちまったけど、おかげでこうして旦那とサシでわたりあえる。さあ、どうします。腐れ役人どもをあの世に葬っていただければ、ご子息はお帰しいたしますよ」

「それを信じろというのか」

「信じてくださいな。軍内って男は悪党ですけど、骨のある男でしてね、約束だけは律儀《りちぎ》に守る男なんです。わたしはそこに惚れたんだ。うふふ、実《じつ》のある海賊なんて聞いたこともないでしょう」

「ふうむ」

もちろん、信用はできない。

しかし、梅之進が敵の掌中にあるかぎり、信じるよりほかに手はなさそうだ。

「わかった」

桃之進は渋い顔で吐きすて、うなずいてみせた。

六

翌日、彦根藩からお呼びが掛かった。

眠れぬ夜を過ごしたので、赤い目で上屋敷へおもむくと、納戸方組頭の林十太夫が待っていた。

以前に会ったときとはちがい、薄気味悪いほどにこやかにしている。

「よくぞ、まいられた。じつは、当藩の中老が是非にと申してな、差しつかえなければお引きあわせしたいのだが」

「かまいませぬが、何と仰《おっしゃ》る方です」

林は膝を躙りよせ、声をひそめる。

「遠藤権之丞《えんどうごんのじょう》さまと申してな、一千石取りのご重臣じゃ。当藩随一の切れ者として知られ、殿のおぼえもめでたき方だ。この程度でよろしいか」

「はい。よくわかりました」

「されば、しばしお待ちを」

林は退席した。

ほどもなく、林を従えてあらわれた人物は、白髪のめだつ大柄な男だった。

当然のごとく上座に尻を落とし、林が横に侍《はべ》った。

身分に雲泥《うんでい》の差があるので、桃之進は下座で平伏するしかない。

「よいよい、堅苦しい挨拶は抜きにせよ」

「は、では」

顔をあげると、遠藤は無理に笑ってみせた。

「そこもと、牛を斬ったそうじゃな」

「はい」

「よくぞ、あれだけの牛を一刀で成敗したの」

「あの牛をご存じなのですか」

鎌を掛けるまでもなく、遠藤はうなずいた。

「さよう。あれは次郎丸と申してな、国許で飼っておる種牛七頭のうちの一頭じゃ」

「え、種牛は七頭しかいないのですか」

「さよう。七頭しかおらなんだ」

「それとはつゆ知らず、拙者はたいせつな種牛を葬ってしまいました」

「次郎丸は近江の宝であった。されど、貴殿を責める気は毛頭ない。むしろ、感謝せねばならぬ。あれが他藩に渡っておったら、たいへんなことになっていた」

近江牛よりも美味い仙台牛なるものが、世に出ていたかもしれない。

「貴殿のおかげじゃ」

遠藤は涙目になり、口をへの字に曲げる。

牛を失って泣いているのか。それとも、悪だくみが頓挫《とんざ》して悔し泣きをしているのか。おそらく、その両方であろうと、桃之進は推察した。

彦根藩へ伺候《しこう》するまえから、怪しいと踏んでいたのだ。

おおかた、種牛を盗んで私腹を肥やそうと画策した連中からお呼びが掛かったに相違ないと、そうおもった。ほかに、呼びだされる理由をみつけられないからだ。

遠藤は首をかしげる。

「それにしても、不思議なはなしじゃ。次郎丸を斬ったのが、何故、貴殿であったのか」

「どういうことでしょう」

「以前、ここで林と会ったことがあると聞いた。町奉行所の与力が上屋敷を訪ねてくるのは、よほどのことじゃ。何でも、脱藩した藩士のことでお尋ねだったとか」

「行方知れずになった日野庄左衛門どののことです」

早々と脱藩扱いされている。そのことに、胡散《うさん》臭さを感じていた。

「残念ながら、わしはその者の名も素姓も知らぬ。種牛をわが藩から盗みとった罪人とした聞いておらぬ」

「え、日野どのが種牛を盗んだと仰せですか」

「いかにも、そうじゃ。急ぎ国許に問いあわせたところ、そやつの縁者が藩の牛舎から種牛二頭を盗み、泉州湊から菱垣廻船に乗せたことが判明した。その菱垣廻船は海賊の手で沈められたにもかかわらず、積まれていた種牛は生きておった。われらの手の者が、たまさか日本橋で盗まれた種牛の一頭を見掛け、問いただしても埒《らち》が明かぬので奪おうとしたが失敗ったのじゃ」

虚実の入りまじったはなしに感じられたが、桃之進は納得したようにうなずいてやった。

かたわらの林が咳払いをし、遠藤の説明を引きとる。

「その風神丸なる菱垣廻船が沈んだあと、日野庄左衛門はときをおかずに行方知れずとなった。ふたつを結びつけて考えれば、日野が手引きをして縁者の尻を掻き、種牛二頭を盗ませたと断じるよりほかにない」

「ちと、無理がありますな。拙者は日野どのを存じております。あの方に、そのような大それたまねはできませぬ」

「おぬし、日野庄左衛門の何を知っておるのだ。大金が絡めば、人とはいかようにも変わるものよ。そもそも、種牛一頭でいくらになるとおもう。五百両だ。ひと稼ぎで五百両手に入るとなれば、いかな気弱な男でも危ない橋を渡ろうとするにちがいない」

林は、自分たちのことを説いているのだ。

と、おもいつつ、桃之進は遠藤に問うた。

「拙者にいったい、何を望まれる」

「おぬしが日野を捜しておるのは、林から聞いて存じておる。日野めを捜しだし、残るもう一頭の種牛を取りもどしてほしいのじゃ」

「太郎丸のことですな」

「ん。なぜ、知っておる」

「とある筋から聞きました」

はぐらかしてやると、ふたりは顔を見合わせた。

林は無言で奥に引っこみ、三方《さんぽう》を抱えて戻ってくる。

遠藤が顎をしゃくると、三方は畳を滑った。

「ご笑覧あれ」

林が袱紗《ふくさ》を除く。

小判が十枚載っていた。

「何ですか、これは」

「有り体に申せば、口止め料じゃ」

と、遠藤が言う。

「おぬしは、われわれの予想以上に深入りしておるようじゃ。頼む。知っていることを、すべて教えてくれぬか」

「教えたうえで、手を退けと仰る」

「そのとおりじゃ」

「たった十両で」

「足りぬと申すのか」

「足りませぬな」

「いくらあればよい」

「まず、五百両」

「んぐっ」

遠藤も林も絶句する。

少し遊びすぎたかなと、桃之進はおもった。

七

さまざまなことが絡みあっている。

その夜、桃之進は安島と馬淵を伴い、飯田町は蟋蟀橋を渡ったさき、もちの木坂下の『軍鶏源《しゃもげん》』までやってきた。

以前は、毎日のように通ったこともある。なにしろ、出汁《だし》の取り方が上手い。昆布を敷き、鶏がらや生姜《しょうが》などと煮込んでつくった出汁だ。笊《ざる》に盛られた野菜も、大根、里芋、椎茸《しいたけ》と揃い、具だくさんの鍋であった。

白い湯気を三人で囲み、おけいの口から御船手番所の連中の悪辣《あくらつ》ぶりを聞き、梅之進の命と引替に殺しの依頼まで受けたことを告げた。さらにまた、それとは別に彦根藩の藩邸に呼びつけられ、遠藤権之丞なる重臣に近江の種牛が盗まれたからくりを聞いたこと、そのうえで日野庄左衛門捜しを依頼されたが、見返りとして五百両もの大金を吹っかけてやったことなどを説いた。

安島はいっそう頭を混乱させたようだが、馬淵のほうは冷静に筋を描いてみせた。

「海猫の軍内は船手番所の腐れ役人どもから浦賀水道の通行手形を入手し、風神丸を襲ったあと、奪った積荷を何処かの栈橋から陸揚げした。たまさか、その風神丸に盗まれた近江の種牛二頭が積まれており、飼育に困った軍内は情婦のおけいを使って日野庄左衛門にはなしを持ちかけた。ところが、日野の上役にあたる林十太夫と重臣の遠藤権之丞こそが種牛を国許から盗もうとした張本人であった。ふたりは悪事の漏洩を防ぐために、日野に罪を擦りつけたうえで、裏事情を知っているとおぼしき葛籠さまを呼びよせ、懐柔しようとした。とまあ、そうした筋になりましょうか」

「ま、そうだな」

「彦根藩の連中、自分たちの思惑どおりにいかぬとみるや、葛籠さまを消しにかかるかもしれませんぞ」

「やはり、そうくるか」

「油断は禁物です。林十太夫は調べによれば、円明《えんめい》流の免状持ちにござります」

彦根藩屈指の剣客としても知られ、桃之進同様、将軍着座の御前試合に参じたこともあるという。

「手強そうだな」

「牛殺しで武名を馳せた葛籠さまに対峙《たいじ》できるのは、江戸ひろしといえども自分しかおらぬ。おそらく、満々たる自信を引っさげてあらわれましょう」

「林十太夫みずから来るか」

「十中八九、来ましょうな」

重苦しい沈黙が流れ、安島が白い湯気を吸って咳きこんだ。

咳《せき》がおさまると、真剣な顔を向けてくる。

「船手番所のふたりは、いかがなされます」

「さて、どうするか」

いかに悪党とて、同じ釜の飯を食う役人を斬るのは忍びない。

「さりとて、葬らねばご子息の命が危うい」

安島の言うとおり、海猫に突きつけられた条件を呑まねば、梅之進の命はない。

「困ったものよ」

「まず、おけいなる情婦の言ったことが信用できましょうか」

「いちおう、筋は通っておる。ただ」

「ただ、何です」

「どうも、しっくりこぬのさ。荷船を襲った背景には、何かもっと大きな力がはたらいているような気がしてならぬ」

「何か大きな力」

安島の台詞に、馬淵が応じた。

「菱屋八十吉が鮫肌の与三郎を雇ったことは確かめられました。おけいによれば、与三郎は軍内の実弟であるとのこと。ならば、菱屋が背後で軍内を操っているとみて、まずまちがいないでしょう」

「馬淵の言うとおり、海猫による荷船襲撃が菱屋の指金《さしがね》だとすれば、いったい、何のためにやらせているのだろうな。そこがはっきりせぬかぎり、海賊のはなしに易々と乗るわけにはいかぬ」

菱屋は、公方毒殺という大それた企みの背後にもいた。

馬淵はうなずく。

「そうです。菱屋の音頭で二軒茶屋に集まったのは三人、ひとりは幕府御小納戸役の石鍋増五郎。そしてもうひとり、彦根藩御納戸組頭の林十太夫はこちらにも顔を出しております」

「偶然ではあるまい。悪事はひとつところに集まるとも言うしな」

「拙者も、葛籠さまと同じ考えにござります。林は御納戸組頭の立場を利用して、内では藩の宝である種牛を盗みだし、外では大金と引替にとんでもない企てに加担していたのでしょう」

「林の上には遠藤がいる。たぶん、ふたりは同罪だな」

「はい」

「肝心なのは、菱屋に呼ばれた三人目の人物の正体だ」

舎弟の竹之進が仲居から聞いたはなしでは、茶筅髷の男であったという。

医者か、儒者か。いずれにしろ、林の上役の遠藤権之丞ではない。

「三人目の人物が一連の出来事の鍵を握っておるやもしれません」

献上肉に毒を摺りこんだ企ても、荷船を海賊に襲撃させた一件も、狙いはひとつのような気がする。

しかし、その狙いが何かはわからない。

「鍵を握る人物か」

ぽつりとこぼす桃之進に、安島は酒を注ごうとした。

「いや、遠慮しておこう」

桃之進はめずらしくも、酌を拒んだ。

「されば、手前だけ失礼つかまつる」

「ふむ、遠慮せずに飲ってくれ」

「しかし、右をみても左をみても、悪党ばかりですな」

「たしかに」

いったい、どこから手を付ければよいものやら。

桃之進は途方に暮れながら、梅之進の浮かぬ顔をおもいだしていた。

八

闇に浮かんだ卯の花が、女の白い顔にみえた。

蟋蟀橋の辺りは住み慣れたところだったはずなのに、薄暗がりのなかを歩いてみると、振られた女のようなよそよそしい顔をしてみせる。

橋の周辺は幼いころ、洟垂れの亀助とよく遊んだ場所でもあった。

たんぽぽやあざみの咲く土手を転がったり、肝試しで欄干から川へ飛びこんだり、橋を眺めれば幼き日の思い出が鮮やかに蘇ってきた。

だが、幼馴染みの亀助はもう、この世にいない。

「亀助よ」

おぬしを死に追いやった連中の尻尾を、ようやく摑んだぞ。

「待たせて、すまなんだな」

桃之進は橋を渡り、亀助の実家へ向かった。

しんと、静まりかえっている。

遺された父と妻子は失意のどん底にいることだろう。

亀助の無念が晴らされねば、再出発の第一歩は踏みだせまい。

父伊右衛門から頼まれたことの重みを感じながら、桃之進は深々と頭を垂れた。

ふたたび、蟋蟀橋を取ってかえし、雉子橋《きじばし》大路から濠のほうへ向かっていくと、雑草の生い茂った野面へ出る。

護寺院《ごじいん》ヶ原であった。

首吊りの名所が喰違御門ならば、護寺院ヶ原は追いはぎの出没することで知られている。

暗くなれば、踏みこむ物好きとていない。

桃之進が敢えてこの場所を帰路に選んだのは、敵に襲撃の機会を与えてやるためでもあった。

ゆえに、さきほどの『軍鶏源』では安島の酌を拒んだ。

酒はからだのキレを損なわせ、手許を微妙に狂わせる。

林を相手にしたときは、一寸の狂いが死を招くであろう。

円明流といえば二刀流、大小の白刃を自在に操る手練れとやりあうのであれば、それ相応の覚悟がいる。

「死に装束で来ればよかったかもな」

乾いた風が吹きぬけ、裾《さら》を攫っていった。

――うおおん。

山狗の遠吠えだ。

「ん」

桃之進は足を止めた。

おるな。

前方の薮から、三つの人影が飛びだしてくる。

食い詰め浪人のようだ。

「ふふ、護寺院ヶ原で夜歩きは禁物じゃ」

金壺眸子《かなつぼまなこ》の浪人が大股で近づき、乱杭歯《らんぐい》を剝いて威嚇《いかく》する。

桃之進は少しも動じず、ゆっくりと浪人の脇を通りすぎた。

「おい、待て。おぬし、役人か」

「だったら、どうする」

首を捻じまげると、三人はぱっと横に開いた。

「役人なら、袖の下をたんまり貰っておろう。そいつを寄こせ」

「悪党にくれてやる銭はない」

「死ぬぞ」

「役人殺しは重罪と知っておろうな」

「それがどうした。わしらはな、役人を斬ったことがあるのだ」

「ほう、そうか。ならば、死んでも文句は言えぬな」

「ふん。しけた面《つら》をしおって。おぬし、刀を抜いたことがあるのか」

「やめておけ。そっちが抜いたら、わしも抜く。抜けば、おぬしらの命はない。護寺院ヶ原の暗闇がこの世の景色の見納めとあっては、あまりに悲しすぎやしないか」

「黙れ、腐れ役人め」

金壺眸子が白刃を抜くと、左右のふたりも大刀を鞘走らせた。

「死ね」

乱杭歯を剝き、金壺眸子が斬りかかってくる。

――しゅっ。

桃之進も抜いた。

つぎの瞬間、相手は声もなく倒れ、地べたに黒い血溜まりがひろがった。

中段の突きを躱《かわ》し、脾腹を搔いてやったのだ。

目にも止まらぬ早業だった。

「くそっ」

残ったふたりが、ほぼ同時に斬りかかってくる。

「猪口才《ちょこざい》な」

右手からの上段斬りを撥《は》ねつけ、左手の敵を雁金《かりがね》に斬る。

返り血を避けながら反転し、最後のひとりは袈裟懸けに斬りすてた。

流れるような動きで血振りを済ませ、鍔鳴りも鮮やかに納刀する。

ほっと息を吐いたところへ、ぱちぱちと拍手が聞こえてきた。

「ん」

柄に手を添え、身構える。

「お見事、予想以上の腕前だ」

ゆらりとあらわれたのは、林十太夫にほかならない。

「出たな。円明流」

「ふふ、そっちは無外流か」

「野良犬どもをけしかけたのか」

「さよう。力量を見定めたいとおもうてな」

「どのみち、口を封じる気でおったのか」

「金轡《かなぐつわ》をはめられぬ相手ゆえ、詮方《せんかた》あるまい。ま、恨みにおもうな」

「ふん、勝つ気でいるらしい」

「負ける理由がないのでな」

林は腰を屈め、大小二刀を同時に抜いた。

円明流は攻めに攻め、攻めぬいたさきに勝機を見出す。

二刀の切っ先をさげた林に、気負いは感じられない。

嵐の前の静けさか。

辺りには、血腥《なまぐさ》い臭いがたちこめている。

「林よ、死出の土産《みやげ》に教えてくれぬか」

「何じゃ、言うてみろ」

「種牛を盗ませたのは、おぬしらだな」

「ああ、そうだ」

「牛を盗んだことと、菱屋八十吉は関わりがあるのか」

「菱屋とな」

「深川の二軒茶屋に呼ばれたであろうが」

「ふん、そこまで調べておったか」

「こたえろ」

「菱屋は、種牛の一件を知らぬ」

「されば、献上肉に毒を仕込んだのは」

「このわしさ」

林は不敵な笑みを浮かべ、舌も滑らかに喋りはじめた。

「菱屋は藩の御用達でな、ちょくちょく賄賂を貰っておった。あやつ、悪党をみる目に長《た》けておるようでな、わしに声を掛けてきおったのだ。ぐふふ、大それた企てを聞かされ、そりゃ驚いたさ。されど、菱屋は法外な報酬を用意しておった。三百両よ。たった一度毒を仕込んだだけで、三百両もの報酬にありつける。されど、独断で突っこむほど、わしも莫迦ではない。中老の遠藤さまにご相談申しあげたのさ。すると、どうだ。すでに、遠藤さまには菱屋からはなしが伝わっておった。報酬はわしの三倍よ。おもわず、ふたりで顔をみあわせ、大笑いしたわ」

「悪党め」

「長話をしてやったに、感想はそれだけか。わしに言わせれば、菱屋八十吉こそ悪党のなかの悪党よ」

「公方さまに毒を盛って、菱屋に何の益がある」

「浅いのう。公方さまは死なずともよいのだ。鬼役がひとりでも死ねば、側近どもはおたつく。それが狙いよ」

「どういうことだ」

「海賊を雇って荷船を襲わせるのも、毒殺を企てるのも、狙いはただひとつ」

「教えてくれ」

「ふん。木っ端役人が知ったところで、詮無いはなしよ。ただ、ひとつだけ教えてやろう。黒幕は菱屋ではない。絵を描いた悪党は、ほかにいる」

「誰だ」

二軒茶屋に顔を出した正体不明の人物であろうか。

「ぬへへ、あの世で閻魔にでも聞いてみろ」

林は二刀を交叉させ、合掌の構えで一歩近づく。

桃之進も抜いた。

「おぬしの仕込んだ毒のせいで、わしは幼馴染みを失った」

「ご愁傷《しゅうしょう》さまだったな。あの世で仲良く酒でも呑むがよい」

「おぬしだけは許せぬ」

「ふふ、怒ればよいさ」

心の乱れは死を招く。

無外流の伝書に曰《いわ》く、応機は鏡面に映すがごとし。

桃之進は怒りを鎮め、みずからを明鏡止水《めいきょうしすい》の境地へ導いていく。

低い空には群雲が流れ、雲の切れ間に赤い眉月が覗《のぞ》いていた。

嘲笑う口のようにもみえ、裂かれた傷のようにもみえる。

林は口端を吊って笑い、両刀を右脇構えに重ねた。

虎の尾か。

相手の攻めを脇差《わきざし》で受け、ひらりと右に転じつつ、大刀で止《とど》めをさす。

後方から虎の尾で打つ印象から、付けられた技の名だった。

円明流の奥義には「一寸の見切り」と称するものがある。

ぎりぎりまで白刃を呼びこみ、一瞬の隙を衝いて反撃に転じる秘技だが、この見切りの修得こそが上達の秘訣にほかならない。五寸からはじまり、四寸、三寸、二寸、そして一寸と、見切りの間合いを短くしていく。それはとりもなおさず、胆力を養うということだった。

うかうかとは、斬りこめぬ。

桃之進の頬に、つうっと汗が流れた。

もはや、ことばを交わす余裕はない。

生死の狭間で対峙する者は、気息の乱れひとつで死にいたることを知っている。

「ぬおっ」

虎が獲物を狩るように、林のほうから躍りかかってきた。

突きだした脇差で誘い、大刀で決めに掛かる。

小を弾けば大が迫り、大を弾けば小が牙を剝く。

左右の白刃が車輪のごとく旋回し、休む間隙を与えない。

それでも、桃之進は耐えしのいだ。

受けるかとおもえば反撃に転じ、一進一退の攻防を繰りかえす。

むしろ、二刀流のほうが押されているやにみえた。

双手《もろて》握りで刀を振る力強さに、片手打ちが怯《ひる》んでいる。

しかし、それが巧《たく》みな誘いであることを、桃之進は見抜いていた。

円明流には「雪柳《ゆきやなぎ》」なる変わり技がある。

相手の一撃を脇差で受けるとみせかけ、刃がかちあった瞬間を狙い、脇差をわざと捨てる。相手がたたらを踏むと同時に、右手の大刀で首を斬りおとすのである。

脇差を捨てる動きは、遅くても早くてもいけない。

捨てる動作が柳の枝に積もった雪の落ちるさまに似ているところから「雪柳」と名付けられた。

その変わり技で決着をつける腹だろう。

乗ってやる。

勝負は一瞬。

「ふおっ」

桃之進は上段の一撃を振りおろし、林の脇差を叩きおとす。

火花を散らし、刃と刃がかちあった刹那、脇差は捨てられた。

絶妙の間合いだ。

「ぬおっ」

桃之進はたたらを踏み、大刀の切っ先で地面を叩く。

それどころか、刀の切っ先は地に刺さってしまった。

抜けぬ。

「もらったあ」

林の大刀が虎の尾と化し、首筋に向かってくる。

――ぶん。

刃風が唸った。

「ぬぐっ」

つぎの瞬間、林の動きが止まった。

桃之進の大刀は、地面に突きささったままだ。

右手に握っているのは、脇差にほかならない。

一尺七寸の刀身が、深々と林の心ノ臓を貫いている。

林は脇差を捨て、二尺七寸の大刀に頼り、一方の桃之進は大刀を捨て、一尺も短い脇差に賭けた。

懐中に飛びこめば、短いほうが有利にはたらく。

一尺の差が勝負を分けたのである。

生と死の差は一寸の差でしかない。

林の繰りだした白刃は、首の皮一寸手前で止まっていた。

「くおっ」

力を込めて脇差を抜くや、鮮血が滝のように迸《ほとばし》った。

躱す余裕すらなく、桃之進は返り血を頭から浴びた。

林はことされており、海老反りの恰好で倒れていく。

桃之進も両膝を屈した。

もはや、疲労困憊《こんぱい》だった。

「亀助よ……」

おそらく、天から見守ってくれていたのだろう。

渾身の突きには、亀助の魂魄が込められていた。

「……どうか、成仏してくれ」

泣かぬときめていたのに、眸子から涙が溢れだす。

桃之進は肩を落とし、悄然と家路をたどりはじめた。

九

翌日、夜更け。

暗澹《あんたん》とした空に月はみえない。

桃之進のすがたは安島左内とともに、深川猿江町にあった。

小名木《おなぎ》川のほとりから、船改番所の裏口を睨みつけている。

篠田喜重郎を見張っていた安島から「不審な動きあり」との急報を受け、自邸から飛んできた。

船改番所の置かれた小名木川は大川と中川を東西に結ぶ運河で、行徳《ぎょうとく》から江戸へ塩を運ぶ水路として開削《かいさく》された。大川口の万年《まんねん》橋から中川御番所までは一里十三町、中川は江戸川にいたる新川と合わせて行徳川とも称し、潮来《いたこ》経由で鹿島《かしま》灘へ出る中継路として重要な役割を担っている。東北諸藩から外海をたどって運ばれる物資は、その多くが中川と小名木川を経由して江戸へもたらされた。

猿江船改番所は中川御番所ともども、川船改役の砦《とりで》として設置された。江戸へ出入する荷船には改役の手で極印が打たれ、役銀も課されるのだが、猿江改番所でも主な役目は極印の検閲と役銀の徴収をおこなうことであった。

「葛籠さま、やっこさんが出てきましたぞ」

町木戸が一斉に閉まる亥ノ刻を過ぎたころ、篠田が裏口から抜けだしてきた。

小名木川に枝を突きだす五本松を通りすぎ、土井大炊頭《どいおおいのかみ》の下屋敷手前を右手へ曲がる。提灯を揺らしながら、塀の途切れたさきを左手に曲がり、猿江稲荷のまえを通りすぎて、さらにそのさきで交叉する辻をも突っきる。

さほどひろくもない道の左手は重願寺、右手は猿江の摩利支天《まりしてん》社であった。

篠田は摩利支天社へ向かい、島津公が奉納したという石の鳥居を潜りぬけ、黒板塀のめぐらされた境内の奥へ進んでいく。

暗闇に目が馴れていたので、前方に揺れるかぼそい提灯の灯りでも境内の様子はよくわかる。参道の左右では、摩利支天の眷属として知られる猪の石像が対で睨みを利かせていた。

桃之進と安島は足音を殺し、そっと近づいていく。

篠田は懐中に手を突っこみ、何かを取りだした。

参道を外れ、まっすぐ向かったさきには絵馬棚がある。

鉄炮洲の波よけ稲荷でも、同じような光景を目にした。

今は亡き岡崎桂馬に連れていかれ、篠田が絵馬に似た通行手形を絵馬棚にぶらさげるのを目撃したのだ。

新たな通行手形を海賊の手に渡すべく、この猿江でも同じことをやろうとしているのだろう。

桃之進はおもわず、安島と顔を見合わせた。

妙ではないか。

おけいから、御船手番所の「腐れ役人ども」は海猫一味との関わりを断ちたがっていると聞いた。

にもかかわらず、新たな通行手形を手渡そうとする狙いは何なのか。

一網打尽にすべく罠を仕掛ける腹だとすれば、海猫の軍内がおいそれと応じるはずはない。

どうなされますと、安島が目顔で問うてくる。

ここはひとつ、篠田を捕まえて吐かせるしかあるまい。

すわっ。

桃之進は動いた。

滑るように参道を走り、絵馬棚へ向かう。

肥えた安島は遅れた。

篠田が気配に気づき、首を捻りかえす。

「ぬおっ」

桃之進は、鼻先まで達していた。

篠田は咄嗟に提灯を抛り、居合の要領で白刃を抜きはなつ。

「ぬえい」

桃之進は一瞬早く、抜き手雁金に斬りつけた。

「ひぇっ」

篠田は胸を水平に裂かれ、地べたに両膝を落とす。

断たれた着物の狭間から、絵馬に似た通行手形が転げおちた。

傷は浅い。

あと一寸深ければ、致命傷となっただろう。

無論、痛みはある。

篠田は血を流しながら、恐怖に顔を歪めた。

「……お、おぬしは」

「さよう。のうらく者の葛籠桃之進じゃ」

そこへ、安島が息を切らして追いついた。

「葛籠さま、だいじありませぬか」

「だいじない。ほれ、こやつの情けない面をみよ」

「なるほど、地獄の入口に引きずりだされた小悪党のようですな。慈悲《じひ》を請うても、閻魔さまは許すまじ」

「ひっ」

安島に襟を掴まれ、篠田は悲鳴をあげる。

桃之進は白刃を納め、静かに問いただした。

「篠田よ、命が惜《お》しくば正直にこたえよ。絵馬を吊るしたのは、浦川隼人正に命じられてのことか」

「は、はい」

「何のために吊るす」

「た、樽廻船を襲撃させるため」

「海猫どもにか」

篠田は震えながら、首を横に振った。

「なるほど、わかったぞ。おぬしら、海猫の替わりをみつけたな。安島、こいつら、性懲りもなく同じことをやる気だ」

別の海賊を使って荷船を襲わせ、見返りに大金を得ようとしているのだ。

「ふうむ」

安島は、わざとらしく唸《うな》りだす。

怒りに震え、とんでもないことをしでかしそうな気を放ち、篠田をいっそう脅えさせた。

このあたりのツボはよく心得ている。

「葛籠さま。こやつ、とんでもない悪党にござります。ちょうど人目もないことですし、この場で成敗いたしましょう」

「そうさな」

「どうなされた。何を躊躇《ちゅうちょ》しておられる」

「こやつを斬ったところで、刀の錆びになるだけだ」

「と、言うと」

「悪事のからくりをすべて吐けば、命だけは助けてやってもいい」

そのことばを聞いた途端、篠田は地べたに這いつくばった。

「お願いでござる……ど、どうか、命だけは」

「わかった。されど、約束するまえにひとつだけ聞かせてくれ。岡崎桂馬を殺《あや》めたのは、おぬしか」

「へ」

篠田は、首を絞められた鶏のような顔をする。

その顔をみれば、こたえを聞く必要はなかった。

「お、お待ちを。直に手を下したのは拙者です……さ、されど、拙者は命じられてやったまで」

「誰に命じられた」

わかってはいるが、篠田の口から聞きださねばなるまい。

「ぎ、吟味方筆頭与力、浦川隼人正さまにござります」

言質《げんち》を取り、桃之進は腐れ役人に背を向けた。

背を向けねば、抜き打ちに斬ってしまいかねない危うさをおぼえたのだ。

十

さらに翌晩、深川門前仲町。

元同僚の冬木源九郎が鮟鱇を食わせる『小田原』に、桃之進は安島左内と馬淵斧次郎を呼んだ。

「今宵は変わったものを出してやる」

庖丁を握った冬木はそう言いのこし、調理場へ籠もったきり出てこない。

暖簾は早々に仕舞ったので、ほかの客が邪魔にはいる心配もなかった。

「わかったらしいな」

「は」

馬淵の調べで、菱屋の背後に控える黒幕が判明した。

「柳原光悦《やなぎはらこうえつ》、御三卿一橋家の茶頭にござります」

「一橋家の茶頭」

「ただの伽衆《とぎしゅう》にあらず。御当主治済さまの知恵袋とも噂される人物でござる」

「柳原光悦なる者が悪事の絵を描いているとすれば、治済さまの意を汲んでのことなのか」

「だとすれば、これは政争にござりますな」

「まさに」

一橋家二代当主の徳川治済は、八代将軍吉宗の孫である。田沼意次を「奸臣《かんしん》」と呼ぶほど毛嫌いしており、御三家御三卿や有力大名と連携して、反田沼の大連合を築くべく暗躍しているとも囁かれていた。松平越中守定信を次期老中に推す有力な後ろ盾でもあり、そうした人物の「知恵袋」と目される人物が動いているとなれば、もはや、一介の町奉行所与力が首を突っこむはなしではなくなる。

「菱屋八十吉は他の商人同様、かつては田沼屋敷へ日参し、せっせと賄賂を贈りつづけておりました。にもかかわらず、幕府御用達のお墨付きは貰えず、はらわたが煮えくりかえるほど怒っていたという噂です」

つまり、菱屋は田沼意次に言い知れぬ恨みを抱いていた。

「それが、商売抜きで陰謀に加担した理由なのか」

「はい、憶測にすぎませぬが」

当たらずとも遠からずといったところだろう。

菱屋八十吉の狙いは、田沼降ろしにほかならない。

海難事故を装って荷船を襲わせ、米や酒などの主要品を大量に隠匿して品薄の情況をつくりだしたのも、公方毒殺を仕掛けて幕府の中枢に揺さぶりを掛けたのも、すべては田沼意次という「奸臣」を権力の座から引きずりおろすための手管にすぎなかった。

そうであったとすれば、馬淵も言ったとおり、これは政争の一環にほかならない。

田沼と反田沼、双方の陣営は裏でも表でも激しく火花を散らしている。

門外漢の桃之進が深入りすれば、火傷《やけど》を負うにきまっていた。

はたして、強大な黒幕が控えていると承知のうえで、このまま突きすすむべきかどうか。

「火中の栗を拾いにいくようなものですな」

安島がいつになく真剣な顔で口を挟む。

それを受け、桃之進は一句詠んだ。

「生きたくば拾うべからず熱い栗」

「おっと、おさむい川柳ですか」

「安島よ、さむらい川柳じゃ。いずれにせよ、誰もが『わるいことは言わぬ。やめておけ』と申すであろうな」

安島と馬淵に同意を求めると、不思議なことにふたりとも首を横に振った。

「死ぬるとて拾うてみせよ熱い栗。ふふ、葛籠さま、いかがです」

安島は不敵に笑い、平然とうそぶく。

「ここまで来て止める手はござりますまい。なにせ、鬼役を仰せつかった御朋輩も、正義に殉じた若い船手同心も、そやつらの企みの犠牲にされたようなもの。茶頭と菱屋だけは、どうあっても許せませんな。きゃつらの狙いが何であれ、やったことの償いをさせねばなりますまい」

安島の決意を聞きながら、馬淵もじっくりうなずく。

「おぬしら」

桃之進は、心を揺さぶられていた。

そもそも、このふたりは筋を通そうとしたがために役目を奪われた。「芥溜《あくただまり》」と揶揄《やゆ》される金公事蔵へ押しこめられ、腑抜けになったとおもいきや、武人の骨太な気質だけは忘れずにいるらしい。それは、ままならぬこの世への名状しがたい怒りとも言うべきもので、敵が強大であればあるほど闘志を掻きたてられる気質のようだった。

桃之進もふたりに負けず劣らず、胸の奥に熱い気概を秘めている。

「後悔するぞ」

「なあに、ばれなきゃいいんです」

安島がいつもの軽口を叩いたところへ、冬木が鉄鍋を運んできた。

「ぐふふ、できたぞ」

鉄鍋は沸騰しており、白い湯気を吐いている。

味醂《みりん》の甘い香りがした。

「おお、ほほ」

床几に置かれた鍋を覗いてみると、野菜や豆腐のなかに肉が埋まっている。

「鴨でも兎でもないぞ。何と、牛肉じゃ」

先日、桃之進が斬った次郎丸の肉だという。

「まことかよ」

「さよう」

次郎丸は町奉行所からその筋の連中に渡され、解体された一部は干し肉となって闇市へ売りにだされた。その噂を聞いた冬木は、我先に飛びついたのだ。

「高くついたぞ。されど、高いだけの価値はある。葛籠よ、殺生したおぬしがまっさきに食べてやれ。ほれよ」

生卵を溶いた容器と箸を手渡され、桃之進は戸惑った。

「何を戸惑っておる。こいつを食べて英気を養い、ひとっ働きしてこぬか」

「おぬし」

何もかも見抜いているかのような口振りだ。

「えい、ままよ」

桃之進は箸で肉を掬《すく》いとり、卵にからめて口に抛りこむ。

じわっと、うま味が口いっぱいにひろがり、感激の涙が迫りあがってくる。

「泣けるほど美味い。それが近江牛よな」

冬木の言うとおりだ。何も言うことはない。

迷うことなく、悪党どもを料理してやればいい。

十一

菱屋に問いただせば、梅之進の行方がわかるかもしれない。

海猫の軍内がみずからの意思でやったこととはいえ、梅之進の居場所を探る手懸かりくらいは得られるだろう。

そうした期待を胸に秘め、三人は平川町の『彦助《ひこすけ》』という獣肉屋《ももんじや》までやってきた。

知るひとぞ知る高価な獣肉屋で、主人の彦助は元彦根藩の藩士であるという。

食通が高じて侍身分を捨て、板前になった人物なのだ。

客に出される料理は、もちろん、近江牛にほかならない。

大名や豪商なども足を運ぶというわりには、建物のつくりは簡素だ。

おおかた、幕府の奢侈《しゃし》禁止令を意識してのことだろう。

できるだけ目立たずに美味い肉を食わせるというのが、板前の矜持を持つ彦助のおもうところのようだった。

その『彦助』を、菱屋は貸切にしていた。

賓客として招かれたのは、かつて二軒茶屋で顔を合わせた面々だが、桃之進によって斃《たお》された林十太夫に替わり、彦根藩重臣の遠藤権之丞が顔をみせている。

すなわち、遠藤のほかには、幕府御小納戸役の石鍋増五郎がおり、黒幕と目される一橋家の茶頭柳原光悦もちゃんといる。菱屋八十吉もふくめて四人の悪党が雁首を揃え、密談する内容といえば悪巧みにまちがいなかった。

「ひょっとすると、新たに襲う荷船を選んでいるのかもしれませんぞ」

「あるいは、毒入りの肉を誰に食わせるか、相談しているのかもな」

桃之進は安島と表口を張りこみ、馬淵は裏口へまわった。

主人の彦助さえ何とかすれば、見世のなかで始末をつけることもできよう。

手伝いの仲居や賑やかしの芸者幇間のたぐいもおらず、密談の場はまことに恰好の仕置き場にほかならない。ほどもなく修羅場と化すであろう見世の内からは、何やら香ばしい匂いが漂ってきた。

「主人のほうは、お任せを」

安島が表口に迫ると、生芥を漁っていた黒猫がさっと逃げていった。

そのまま安島は板場へ向かい、一方の桃之進は鰻の寝床のような三和土《たたき》の廊下を抜けていく。

廊下のさきに、襖障子の閉じられた十畳大の奥座敷があった。

事前に調べていたので、奥座敷の二方向が壁であることは知っている。

右手の襖障子を破って厠の脇から裏手へ逃げることはできるが、勝手口には馬淵弁慶よろしく待ちかまえているはずだった。

桃之進は雪駄を脱ぎ、裏白の紺足袋《たび》で上がり框《かまち》にあがる。

戸に耳を近づけると、内の会話がきれぎれに聞こえてきた。

「……それにしても、遠藤さま、林十太夫さまを斃した者は判明したのですか」

「菱屋よ、心配いたすな。誰が殺ったか、疾《と》うにわかっておる。取るに足らぬ相手ゆえに黙っておったが、かの次郎丸を斬った男さ」

「次郎丸を……牛殺しの異名をもつ北町奉行所の与力ですか」

「さよう。まわりから、のうらく者と小莫迦にされておるらしい。無能ゆえに役目を与えられず、ふだんは芥溜と忌避される金公事蔵に詰めておるそうじゃ。のはは、それが何の因果か、将監屋敷へ手伝いで出向かされ、手柄のひとつもあげようとおもったのがまちがいのもとであった」

「放っておいてよろしいのですか」

「心配いたすな。上には手をまわすつもりじゃ。いずれ、町奉行所の上役から御役御免の沙汰が下されるであろう。それからでも、遅くはない。じわじわと追いつめ、仕舞いに息の根を止めてやる。ふふ、じっくり料理してくれるわ」

「遠藤さまがそう仰るなら、心配には及びますまい。町奉行所のほうへ何か入り用があれば、お申しつけくだされ」

「ああ、頼む。おぬしは一連の荷船襲撃で、何万両にも相当する米だの酒だの薬種だのを貯めこんだ。われわれにとって、打ち出の小槌のようなものだからな」

「ぬふふ、手前は金が欲しいのではありませぬよ」

「存じておるわ。御政道をよりよくしたいという大義のためにやっていると、そう言いたいのであろう。されどな、わしからみれば、おぬしは金の亡者にしか映らぬ。どうじゃ、本音を言うてみよ。大義なんぞは糞食らえとな。のはは」

遠藤らしき人物の笑い声につられ、ほかの連中も笑いだす。

桃之進は何の前触れもなく、すっと襖障子を開けた。

四つの顔が笑ったまま、一斉に目を向ける。

「お邪魔でしたかな」

桃之進がひと声掛けると、右手に座った遠藤が握った盃を取りおとした。

「げっ……う、牛殺し」

驚くほかの三人を尻目に、桃之進は本身を抜きはなつ。

三本杉の刃文が煌めき、遠藤の首根に食いこんだ。

「ぎゃっ」

ばっと鮮血が散り、襖障子を真っ赤に染める。

「うえっ」

狼狽《うろた》えた石鍋増五郎の左胸を、桃之進は逆手のひと突きで貫いた。

「ぐぎっ……ぎぎ」

左の壁際に張りついたまま、石鍋はこときれる。

「ふ、ふわあああ」

菱屋は独楽鼠《こまねずみ》のように這いだし、右手の障子を突き破って逃げだす。

追う気配もみせず、桃之進は正面の茶頭に対峙した。

「や、やめろ……」

すでに、腰を抜かしている。

「……わ、わしを誰だとおもうておる……ご、御三卿一橋家の茶頭ぞ……わ、わしが死ねば、一橋さまがお怒りになられる」

「おもしろい。どれだけお怒りになるか、ためしてやろう」

「待て、待ってくれ。金をやる。五十両でどうじゃ」

「五十両とは、ずいぶんみくびられたものよ」

「されば百両でどうじゃ。どうせ、金が目当てであろう。の、わしに恩を売れ。さすれば、出世はおもいのままじゃ。おぬしがのぞめば、町奉行所の筆頭与力にして進ぜよう。いいや、それどころか、末は町奉行になるのも夢ではない。一橋さまにお願いすれば、たいていのことは叶えていただける」

「大法螺《ぼら》吹きの破れ茶碗め。こたびの企てもすべて、おぬしの法螺から生じたものであろう」

「およよ、わしは一橋さまのため、天下万民お国のためをおもってやった」

「欲に溺《おぼ》れた悪党め、戯《ざ》れ言を抜かすでない」

「やめろ。わしはまだ死にたくない」

駄々をこねる赤子も同じだ。

「斬るまでもないか」

桃之進は、すっと背中をみせた。

「ふえっ」

すかさず、光悦は刀掛けに手を伸ばし、石鍋増五郎の大刀を抜くや、背中に斬りつけてきた。

「たわけ」

桃之進は振りかえりざま、上段の一撃を下す。

光悦の頭蓋がぱっくり割れ、血飛沫が天井まで噴きあがった。

「ぬへっ」

「馴れぬことはせぬほうがよい」

桃之進は血振りを済ませ、廊下へ踏みだす。

勝手口から裏手へ出ると、馬淵が待っていた。

主人の彦助に当て身を食らわせた安島も、生き不動のように佇んでいる。

そうしたふたりに囲まれ、菱屋八十吉が憔悴しきった顔で蹲っていた。

桃之進は、のっそり近づいた。

「菱屋よ、近江牛を食いそびれた気分はどうだ」

もはや、冗談は通じない。笑っても許してもらえぬであろうことを、菱屋は充分に察しているようだった。

十二

菱屋は死の直前、安島たちの責め苦に耐えかね、千駄ヶ谷にある隠し蔵のことを漏らした。

鮫肌の与三郎に命じて、海猫の軍内が奪った盗品を運びこませていたが、すでに軍内と与三郎の兄弟には引導を渡したので、今ごろは海賊や人足どもの屍骸が転がっているはずだという。

引導を渡した理由は、兄弟が盗品を掠めとっていたからだ。

しかも、一部を売りさばこうとして、アシが付きかけた。

種牛の次郎丸についても、軍内の独断で仙台藩と交渉し、高値で売ろうとして失敗った。

勝手なことをすれば、大きな企てに綻《ほころ》びが生じかねない。

ゆえに、軍内と与三郎は抹殺し、証拠は跡形もなく消すために、とある連中に大金を払って向かわせたらしかった。

「まずいぞ」

桃之進は焦った。

梅之進も、日野庄左衛門も、軍内の掌中にある。

肝心の軍内が命を狙われるとすれば、ふたりも巻きぞえを食いかねない。

桃之進たちは早駕籠を仕立て、甲州街道を疾風のように走りぬけた。

青梅街道との追分を過ぎ、千駄ヶ谷の田圃を南へ進んでいく。

彦根藩の下屋敷を右手にみて、八幡神社のほうへ向かった。

「あっ」

杉林の一角が、ぼうぼうと燃えている。

漆黒の空を、紅蓮の炎が舐めていた。

急いで駕籠を降り、桃之進は駆けだした。

火元へ近づくにつれて、騒然とした空気が伝わってくる。

刺し子半纏《さしこばんてん》を羽織った侍たちや、着慣れぬ武具を着けた鎖鉢巻の連中も、大勢見受けられた。

「おぬしらは何だ」

桃之進が問いただすと、足軽のひとりは「彦根藩の藩士だ」とこたえた。

近場で火の手があがったので、手空きの者たち全員で鎮火にやってきたのだ。

「蔵が五つも燃えておる。米俵や酒樽が詰まっておったに、ぜんぶ黒焦げになっちまった」

火の手があがったのは、半刻余りまえだ。

今も火勢は衰える気配をみせないという。

仰ぎみればすぐにわかった。

頭上から、無数の火の粉が降ってくる。

「あちっ、あちち」

安島は火の粉で髷を焼かれた。

三人は玉の汗を散らしながら、杉林の隧道を駆けぬける。

燃えているのは、裏手の蔵だけではなかった。

母屋も垣根も燃えており、彦根藩の藩士たちに助けられた怪我人がそこらじゅうで呻き声をあげている。

桃之進は、怪我人のひとりに近づいた。

「おい、何があった」

顔を煤だらけにした怪我人は、海賊の手下か雇われ人足にちがいない。

黒煙を吸ったのか、息継ぎすらままならず、両目から涙を流している。

桃之進は怪我人たちのあいだを駆け、ひとりひとりの顔を確かめていった。

「梅之進、梅之進はおらぬか」

大声で叫びながら、垣根の周囲を捜しまわる。

いくら捜しても、それらしき者はいなかった。

そして、ようやく火勢が衰えると、こんどは屍骸がつぎつぎに運ばれてきた。

藩士たちは筵を何枚も縦に繋げ、黒焦げになった屍骸を丁重に横たえていく。

ほとんどの者は手傷を負っていた。斬られたあとに焼けた屍骸もあった。

屍骸のひとつひとつを捜してまわったが、やはり、梅之進はいなかった。

「葛籠さま」

馬淵に呼ばれ、どきりとする。

駆けつけてみると、筵のうえに黒焦げの屍骸が寝かされていた。

口惜しげに顔を歪め、宙を摑むような恰好で死んでいる。

「与三郎か」

「まちがいありませんな」

胴を鰡に斬られていた。

「いったい、何者の仕業だ」

菱屋も、それだけは漏らさずに逝った。

「梅之進さまはおりませんぞ」

安島が汗みずくでやってくる。

「おけいという女の屍骸もありません。軍内が女と梅之進さまを連れて逃げたのかもしれませんぞ」

そうであることを祈るばかりだ。

三人で裏手へまわってみると、土蔵が丸焦げになっている。

火除けのために壁を厚く塗ったはずの建物が燃えた理由は、内側から火を付けられたからだ。

「世の中の連中は飢えているってのに、もったいないはなしだ」

安島は憤慨した。

菱屋にとってみれば、これだけの荷が燃えても何ほどのことでもなかったのだ。

隠し蔵は、ほかにもあるにちがいない。米や酒の量が減れば、それだけ相場はあがる。相場があがれば、米や酒を貯めこんだ強欲どもはいくらでも儲けられる。

菱屋八十吉をあっさり死なせたことが、悔やまれてならなかった。

「この世の地獄を、もっと味わわせてやりゃよかった」

安島のことばを背中で聞き、桃之進は急速に鎮まりゆく火の手をみつめた。

そのときである。

信じられない光景が、目に飛びこんできた。

蔵のさらに裏手の暗がりから、大きな牛と牛の鼻綱を曳く人影があらわれたのだ。

「……あ、あれは」

日野庄左衛門と種牛の太郎丸にまちがいない。

地獄で僥倖をみたおもいを感じ、桃之進はふらつく足取りで近づいていった。

炎に照らされた男の顔は見る影もなく窶《やつ》れているものの、喰違御門前で見掛けた気弱な侍の顔にほかならない。

日野も桃之進に気づき、足を止めた。

「……つ、葛籠さま」

感極まり、滂沱と涙を溢れさせる。

「……う、海猫の軍内が言いました。船手役人の浦川隼人正にやられたと」

「くそっ、浦川め」

「軍内は拙者と太郎丸を咄嗟《とっさ》に隠し、梅之進どのを連れて逃げました」

「そ、そうか」

「おそらく、逃げのびてくれたであろうと」

桃之進はそのことばに、一縷《いちる》の希望をみつけていた。

「どこへ逃げたのだ」

「外海へ逃れると申しておりました」

「さようか」

がっくり、肩を落とす。

軍内は梅之進をともない、海の涯てまで行ってしまった。

桃之進は泣きたい気持ちを怺《こら》え、日野の肩に手を置いた。

「おぬしをな、ずっと捜しておったのだ」

「はい。ご子息にお聞きしました。ご迷惑をお掛けし、ほんとうにすみません」

「もう二度と、首を吊るような莫迦はせんだろうな」

「お約束いたします」

「ふむ、それでいい。おぬしを待っているものたちがいる。戻ってやれ」

「はい」

炎が雲を呼んだのか、さめざめと雨が降ってきた。

彦根藩の藩士たちは、あいかわらず黙々と立ちはたらいている。

——もう。

藩士たちを慰労するかのように、太郎丸が力強く啼《な》いてみせた。

十三

三日後、桃之進は裁きの場に臨んでいた。

といっても、罪人として白洲に座らされているわけではない。

船手奉行の向井将監に「願いの議あり」と伝え、中食前のわずかな暇《ひま》を割いてもらったのだ。

中庭では雀《すずめ》が鳴いていた。

襖障子は開けはなたれており、鮮やかな紅紫の蘇芳《すおう》が咲きほころんでいる。

桃之進は蘇芳を背にして座り、上座の将監に対していた。

将監のかたわらには吟味方筆頭与力の浦川隼人正が侍《はべ》り、不気味な沈黙を守っている。背後の武者隠しに物々しい連中を控えさせているようだが、将監はおそらく気づいていまい。

それを証拠に、暢気な顔で尋ねてくる。

「のうらく者め、何用じゃ」

「は、そろりと北町奉行所へお戻しいただけまいかと」

「何だ、そんなことか。くだらぬ。戻りたくば、勝手に戻ればよいではないか。そこな浦川にひとこと申せばよいはなしじゃ。わざわざ、奉行のわしに了解を取らずともよいわ」

「まぁ、そう仰らずに。土産《みやげ》話のひとつもお聞きくだされませ」

桃之進の打ち解けたような態度が癇《かん》に障《さわ》ったらしく、将監はやおら席を立とうとする。

「お待ちを。将監さま」

「何じゃ」

「この御屋敷に獅子身中の虫がおりまする」

「何っ」

「海賊を捕まえるどころか、通行手形を渡して手引きをし、海難事故とみせかけて荷船から荷を奪わせる。それと引替に法外な報酬を手にし、私腹を肥やしている怪しからぬ虫がおるのでござります」

将監は立ったまま拳を震えさせ、ことばを発することもできない。

代わりに、浦川が余裕綽々の態度で吐いた。

「世迷い事もいい加減にせい。獅子身中の虫がどこにおると申すのだ」

「黙らっしゃい」

茫洋としたのうらく者から、障子も震えるほどの怒声が発せられた。

将監も浦川も仰けぞり、目を丸くする。

桃之進は居合の要領で白扇を抜き、先端を浦川の鼻面に向けた。

「おぬしじゃ、浦川隼人正。組頭の篠田喜重郎を使い、海猫の軍内に浦賀水道の通行手形を渡しておったであろうが。しかも、襲撃の日取りから荷揚げの桟橋まで把握しておきながら、海賊どもの悪行を見逃しておったな」

指摘されても、浦川は動じない。

「ふん、以前にも説いてやったとおり、すべては海賊どもを一網打尽にするための手管、将監さまとてご存じのはなしじゃ」

「さすれば、こちらの通行手形もご存じかな」

桃之進は懐中から通行手形を取りだし、浦川の膝元へ抛ってみせる。

場が凍りつき、将監の頬がひくひく動いた。

「それはな、篠田が猿江摩利支天の絵馬棚に吊るそうとしたものだ。おぬしらは、思惑どおりに動かぬ海猫の一党に見切りをつけ、別の海賊に連絡を取ろうとした。襲う船は『雷神丸《らいじんまる》』であったな。昨日未明に泉州湊を起《た》ち、南海路をたどって明日未明には下田沖へ達する予定だ」

桃之進は一拍おき、将監と浦川の反応を窺う。

浦川が何か言おうとするのを押しとどめ、さらにつづけた。

「『雷神丸』は灘《なだ》の下り酒を運ぶ樽廻船でな、荷受人は新川河岸の伊丹屋を筆頭とする酒問屋仲間だ。ところがなぜか、肝煎りの菱屋だけは荷受人に名を連ねておらぬ。何故か。ふふ、襲撃を企てた張本人にほかならぬからよ。競争相手の荷を運ぶ荷船を襲わせ、荷を奪ったうえに隠匿し、わざと品不足にする。ずいぶん手の込んだことをしでかしてくれる。浦川よ、おぬしはすべて知っておったな。菱屋から千両箱一個貰って、悪事の一切を口外せぬと約束したそうではないか」

桃之進は立て板に水のごとく喋りきり、浦川を睨みつける。

将監は仁王のように佇み、微動だにもしない。

突如、浦川が弾けたように嗤《わら》いだした。

「ぬはは、おもしろい。よくぞ、そこまでの絵空事をおもいついたものよ」

「絵空事ではない。菱屋八十吉がすべて吐いた。篠田喜重郎も、海賊が襲う船の名と襲う日取りを知っていた。ふたりのはなしを繋ぎあわせれば、悪事のからくりはおのずと炙《あぶ》りだされてくる」

「それで、菱屋はどうした。三途の川でも渡ったか」

「ほう、ようわかったな。『雷神丸』を襲ったあとの宴《うたげ》にでも招かれておったのか」

「それ以上、戯《ざ》れ言を抜かすでない。菱屋がおらねば、はなしにならぬわ」

「死人に口なし。なるほど、菱屋が死んだのは、おぬしにとって好都合だったというわけか。されど、篠田は生きておるぞ。悪事のからくりをすべて吐いたわ。いや、それだけではない。おぬしに命じられ、若くて有望な船手同心をひとり殺めたことも白状した」

「黙れ」

激昂する浦川を制し、将監が静かに問いただす。

「葛籠よ、亡くなった者の名は」

「は、岡崎桂馬にござります」

「岡崎桂馬か」

「御奉行はおぼえておいででしょうか。岡崎は商家出の一見すると気弱な若者でした。されど、胸の奥には正義を秘めていた。船手役人たちのあいだにはびこる不正を糾《ただ》さんと、いつも憤っておりました。岡崎桂馬は船手役人の鑑《かがみ》です。拙者の発することばには、岡崎の魂魄が込められております。どうか、天に召された若者の気概をお汲みください。将監さま、公正なお裁きを」

桃之進は両手をつき、畳に額を擦りつけた。

将監が訴えを認めてくれず、あくまでも腹心を庇《かば》おうとするならば、この場で浦川を斬りすててもかまわないとおもっている。

その程度の覚悟がなければ、吟味方筆頭与力を断罪することはできまい。

浦川はそれでもまだ、平静を装った。

「御奉行、まさか、のうらく者の戯れ言をお信じになられますまいな。この者のはなしには、何ひとつ根拠がありませぬ。なにしろ、その『雷神丸』とやらは、まだ襲われておらぬわけですからな。ぬへ、ぬへへ」

将監は口をへの字に曲げ、ひとことも発しない。

浦川は、それみろという顔で、桃之進に向きなおる。

「のうらく者よ。このとおり、将監さまはおぬしの訴えをお認めにならぬ。筆頭与力のわしを、さんざん愚弄《ぐろう》してくれたな。この始末、どうつける気だ」
桃之進は顔をあげ、眸子を光らせる。
「おっと、わしを斬る気か。そうはいかぬ」
浦川は片膝を立て、怒声を発した。
「ものども、出合えい」
間髪入れず、襖障子が蹴破られた。
強面《こわもて》の役人どもが、どっと躍りこんでくる。
このとき、浦川を斬ろうとおもえばできた。
だが、桃之進はそうしなかった。
将監の良心を信じたくなったのだ。
天にいる岡崎桂馬にも、そうしたほうがいいと、囁《ささや》かれたような気がした。
「みなのもの、葛籠桃之進を引っ捕らえよ。抗《あらが》うようなら、斬りすててもかまわぬ」
浦川に命じられ、刀が一斉に抜きはなたれた。
背後にもまわりこまれ、輪になった連中から何本もの白刃を突きつけられる。
恐れはない。
すでに、覚悟はきめている。

「待て、刀を納めよ」

天の声が響いた。

将監だ。

白刃が引っこみ、将監が身を押しだしてくる。

「縛《ばく》につけ」

と、静かに発し、腹心であるはずの男のほうに首を捻った。

「げえっ」

浦川隼人正は耳を疑い、顎《あご》をぶるぶる震わせる。

「お、お待ちくだされ……こ、このわしが何をしたと言うのです」

「浦川よ、潔《いさぎよ》く腹を切れ」

それがせめてもの温情だとでも言いたげに、将監は悲しげな顔をする。

抗う気力も失せた浦川は、手下どもに両腕を取られ、引きずられるように連れださ
れていった。

部屋には、将監と桃之進だけが残された。

中庭からは、雀の鳴き声が聞こえてくる。

簀戸の向こうには、まんがいちのためにと、後ろ手に縛って猿轡を噛めた篠田喜重

郎を隠しておいたが、死に装束を纏った馬淵と安島ともども、待機させておくまでもなかった。

おそらく、篠田にも切腹の沙汰が下されるであろう。

「すまなんだな」

将監はひとこと発し、深々と頭を垂れた。

さまざまなおもいが込められているにちがいない。

なにせ、不祥事を起こしたのは、腹心の吟味方筆頭与力なのだ。当然のごとく、奉行にも責めはおよぶ。一連の不祥事が幕府に知れたら、即刻、役目を解かれるのは必定だ。幕府開闢《かいびゃく》のころより、向井家が代々世襲してきた御船手奉行の座を逐われ、お家断絶の憂き目をも招きかねないのである。

ゆえに、黙認してほしいとの願いも込めて、将監は頭を垂れた。

そんなことは、言われなくとも心得ている。

向井将監が、岡崎桂馬の死に心を動かされたことはわかった。

それさえわかればいいのだ。ほかのことは大目にみてやろう。

「将監さま、ご安心を。拙者はのうらく者ゆえ、分にそぐわぬことはできませぬ」

そのかわりといってはなんだが、さっそく本日ただ今から、綱紀の粛正をはかってほしいと、桃之進は目顔で訴えかけた。

将監は大きな眸子に涙を溜め、うんうんと何度もうなずいてみせる。

「葛籠よ、何かほかに望むことはないか。わしの力でどうにかなるものなら、何でもしよう」

「されば、ひとつお願いが」

「おう、何じゃ」

「そろりと、助っ人の役をお解きください」

「それだけか。おぬしが望むなら、浦川の後釜に据えてもよいのだぞ」

「けっこうです。拙者、船に酔いますゆえ、海の見廻りは苦手にござる」

「ふふ、わかった。おぬしは愉快な男じゃ」

将監は嗤いあげ、部屋から去っていった。

ひとり残された桃之進の心は、いっこうに晴れない。

理由はわかっていた。

梅之進のことが案じられてならないからだ。

十四

翌々日、桃之進は久方ぶりに北町奉行所の厳めしい正門を潜った。

年番方与力の控部屋では、漆原帯刀が偉そうな顔で待っているはずだ。

訪ねてみると、漆原は脇息《きょうそく》代わりに置いた痰壺に頬杖をつき、鼻毛を懸命に抜いていた。

「ふえっくしょい」

廊下まで飛んだ唾を避け、部屋にするりと忍びこむ。

「ふん、やっと来おったか。のうらく者め」

「こちらではなく、あちらへ向かい、途中で気づいて戻りました」

「あちらと申すのは、将監屋敷か」

「いかにも」

「もう、行かずともよい」

「お戻しいただけるので」

「詮方あるまい。熨斗《のし》を付けて帰したいと、先方から申し出があったゆえにな」

「熨斗を付けて」

「冗談じゃ」

「ほ、漆原さまが冗談を仰るとはおめずらしい」

「将監さまが直々に、おぬしの出向を解くように仰った。本人のたっての望みゆえと言いそえられてな。妙なこともあるものじゃ。何ひとつ役に立たなんだのうらく者のことを、あれほどご案じなされるとは」

「お優しい方なのですよ」

「黙れ。生意気な口を利くな」

「は、申し訳ございませぬ」

「ところで、吟味方筆頭与力の浦川どのが腹を切ったそうじゃの。何があったか、存じておるか」

「いいえ、さっぱり」

「やはりな。おぬしに聞いたのがまちがいであったわ」

漆原は鬱々《うつうつ》と考えこみ、ふっと顔をあげる。

「まだ、おったのか」

「はあ」

「もうよい。芥溜へ帰れ」

「されば、失礼つかまつる」

桃之進は「芥溜」へは向かわず、そのまま表玄関へ戻り、青石を踏みしめて門へ向かった。

六尺棒を握った門番の不審げな顔に見送られ、黒渋塗りの長屋門から外へ出ると、呉服橋御門から濠を渡って稲荷新道のほうへ進む。

木原店の『おかめ』を訪ね、まだ寝ているであろう女将のおしんをたたき起こし、やるせないおもいのたけを聞いてほしかった。

「梅之進、いったいどこへ行ったのだ」

もちろん、あきらめたわけではないが、海猫の軍内の行方は杳《よう》として知れず、梅之進の安否は判然としないままだ。家に帰れば、泣きつかれた顔の勝代と絹と香苗が待っている。

手懸かりはないのかと詰《なじ》られ、梅之進の代わりにあなたが居なくなればよかったのにとまで突きはなされ、身の置きどころをみつけることすらできない。

女たちの辛《つら》い気持ちはわかる。

自分を詰って気が済むのなら、喜んでその役割を引きうけよう。

それで梅之進が戻ってくるのなら、何ほどのことはない。
兄の子であることなど、桃之進はすっかり忘れていた。
無為《むい》な一日が過ぎていくたび、心の痛みは増していく。
からだの一部をもぎとられたような痛みだった。
稲荷新道を通りすぎ、賑わう日本橋大路を横切る。
喧噪《けんそう》を背にしながら木原店へ踏みこみ、聖天稲荷の手前で辻を曲がる。
小便臭い路地裏を進み、桃之進は足を止めた。
振りむいても、人影は見当たらない。
この路地裏だけが刻の狭間に取りのこされたように、しんと静まりかえっている。
道端には、あやめに似た著莪《しゃが》の花がひっそりと咲いていた。夏入りか。
生温い風が道を吹きぬけ、土埃を巻きあげた。
「のうらくの旦那」
塀際の物陰から、聞きおぼえのある声がする。
「おしんとかいったな。へへ、馴染みの女将のところへ、管でも巻きに行くのかい。
役所奉公は悲しいな」
桃之進は身構えた。

「海猫か」

「ふふ、ご明察」

すがたをみせたのは、遊び人風の優男《やさおとこ》だった。

髷に著莪の花弁を挿している。ふん、気障《きざ》な野郎め。

「おぬしが軍内か」

「忘れたのかい。一度逢っているはずだぜ」

「豪徳寺か。あのときは暗すぎた。それに、おぬしは頭巾をかぶっておった」

「こっちは、ようくおぼえてるよ。まさか、あのときの間抜け面がここまでやってくれるとはな、想像もできなかったぜ」

「梅之進はどうした」

「生きてるよ」

「そ、そうか」

全身から力が抜けるおもいがした。

軍内がせせら笑う。

「おめえさん、じつの父親じゃねえんだろう。なら、それほど安堵することもなかろうよ。それとも何か、あいつのことが心配《しんぺえ》で夜も眠れねえってか」

「そのとおりだ。梅之進を帰してくれ」

「ああ、帰《けえ》してやるよ。おめえさんは約束どおり、船手番屋の腐れ役人どもを地獄おくりにしてくれた。へへ、おれはかなりの悪党だが、約束だけは守る男でな。ただし、ひとつだけ条件がある」

「何だ」

睨みつけると、軍内は不敵な笑みを浮かべた。

「おれを斬ったら、息子に逢わせてやろう」

「何だと」

「このままじゃ終われねえのさ。おたがい、中途半端なままだろう。ちがうか」

「そうだな」

桃之進がうなずくと、軍内はにっこり微笑《ほほえ》んだ。

「ここで決着をつけようぜ。そうじゃなきゃ、つぎへ進めねえ」

「悪党にしては、きちんとしておるではないか」

「そいつが、おれの生きざまでな」

「見上げた心懸けだと、褒《ほ》めてやろう」

桃之進は孫六を静かに抜き、青眼に構えた。

軍内も隙のない仕種で、躙りよってくる。

「旦那、もうひとつだけ約束してくれるかい」

「何だ、言ってみろ」

「もし、おれが死んだら、おけいを見逃してやってくれ」

「おけいか」

「そうだ。あれは可哀想な女でな」

可哀想なのは、海賊の首魁に惚れたことだ。

おけいの名を出されても、桃之進の心が乱されることはない。

「わかった。約束しよう」

「頼んだぜ」

軍内は懐中から、七寸五分の短刀を引きぬいた。

「いくぜ」

身を低くし、陣風のように突きかかってくる。

「うおっ」

獣の眼光が迫った。

勝負は一瞬、すれちがったときには生死の区別がついている。

「ふん」

三本杉の刃文が閃《ひらめ》いた。

ばっと、桃之進は袖を裂かれる。

と同時に、肉を斬った感触をおぼえた。

「ぐふぉ……っ」

軍内が血を吐いた。

身を捩り、ぱっくり裂けた脾腹《ひばら》を押さえつける。

「……た、頼んだぜ」

そう言いのこし、仰向けに倒れていった。

桃之進は血振りを済ませ、孫六を鞘に納める。

「ん」

旋風の去りゆく辻陰に、ふたつの人影が佇んでいた。

おけいと、梅之進だ。

「父上」

梅之進がおけいの手を振りほどき、懸命に駆けてくる。

桃之進も駆けようとして、石に躓《つまず》きかけた。

「うおっと」

危ういところで踏みとどまる。

「父上」

駆けてきた息子は両手をひろげ、どんと胸に飛びこんできた。

桃之進はたまらず、尻餅をついた。

が、痛くはない。

息子は泣きながら、ただひたすら謝っている。

物心ついたときからずっと、自分の殻《から》に閉じこもっていた。

梅之進は呪縛から解きはなたれ、素直な感情をぶつけてきてくれる。

そのことが嬉しくて、泣けてきた。

嗚咽まで漏らしたのは、何年ぶりのことだろう。

蒼褪めた顔のおけいが、音もなく近づいてきた。

手には道端で摘んだ著莪の花を握っている。胡蝶花《こちょうか》とも呼ばれる花が陽の当たらぬ路地の薄闇に舞っていた。

おけいは仰向けになった軍内のそばに屈み、愛おしげに顔を撫ではじめる。

「このひと、逝っちまったんだね」

長い睫《まつげ》を伏せ、淋《さび》しげに微笑んでみせた。

桃之進には、掛けることばもない。

つぎの瞬間、おけいは祈るような仕種をした。

――さようなら。

唇もとが、そう囁いたようにみえた。

むぎゅっと、舌を嚙む。

「あっ」

桃之進は梅之進をはねのけ、駆けだした。

「くそっ」

おけいは軍内に折りかさなり、ことされている。

遺体のそばに落ちた胡蝶花は、手向けられた花のようだった。

突如、大路のほうから、喧噪が紛れこんできた。

「うわっ、死んでるぞ。男と女が死んでる」

棒手振《ぼて》りの叫びに、野次馬たちが集まってくる。

桃之進は傷ついた息子の肩を抱き、人垣の外へ逃れでた。

「これが世の中さ。辛いことなんざ、いくらでもある」

目前で人の死をみせつけられ、にわかには理解できないかもしれない。
だが、今の梅之進なら、生きることの辛さをわかってくれそうな気がした。

十五

数日後、日本橋。
まだ明け初めぬ橋詰には、七つ起《だ》ちを控えた旅人たちが大勢集まっている。
そうしたなかに、ひときわ人目を惹く侍の家族があった。
なにしろ、旦那が牛の鼻綱を握っているのだ。
牛は長い尾で蝿《はえ》を払い、馬のように胴震いしてみせた。
大きな牛だ。
堂々としたすがたは、神の眷属であるかのようだった。
「これが太郎丸か」
感心したようにつぶやいたのは、亀助の父伊右衛門である。
桃之進は恐いのか、太郎丸に近づこうとしない。
梅之進は平気で近づき、黒いのどを撫でまわしている。

勝代と絹と香苗も遠巻きに眺めており、馬淵と安島のすがたもあった。

岡崎桂馬の双親もいる。亀崎伊右衛門もそうだが、みな、みずから望んでやってきた。花見船でいっしょに揺られた連中が集まったのは、日野庄左衛門一家の旅立ちを見送るためだ。

日野は妻子ともども、貴重な種牛を国許まで連れて帰る。

それは、彦根藩より申しつけられたお役目にほかならない。

御納戸役として役目を全うすべく、日野は故郷へ凱旋《がいせん》を果たす。

そして、おそらくは二度と、江戸へ戻ってくることもあるまい。

日野庄左衛門生涯一の晴れ姿だが、やはり、淋しい別れではあった。

ことに、梅之進は初に恋情を伝えられぬまま、ここで別れねばならない。

別れたら、もう二度と逢うこともなかろう。

淋しい気持ちを押し隠し、梅之進は精いっぱい明るく振るまっている。

そのすがたがあまりに健気《けなげ》で、勝代も絹もそっと涙を拭っていた。

初にも通じるものがあるのか、別れが近づくにつれて、泣きそうな顔になる。

ひょっとしたら、梅之進の恋情を察し、心を寄せてくれているのだろうか。

桃之進は、そんなふうにおもった。

ただ、今ここで恋情を確かめあったところで詮無いはなしだと、若いふたりは理解している。

何ひとつことばを交わすこともなく、旅立ちのときはやってきた。

「そろりと行かねばなりません」

日野は深々と頭を下げ、太郎丸の鼻綱を引きよせた。

――もう。

太郎丸の啼き声が地響きのように伝わり、みなは耳をふさいでしまう。

初はひとり離れ、梅之進のそばへ近づいた。

「これを」

頬を赤らめ、一重《ひとえ》咲きの山吹を差しだす。

「ぼうふら長屋の抜け裏に、ひっそり咲いておりました。八重は実を結びませぬが、一重の山吹は実を結ぶそうです」

「ありがとう。されば、それがしも」

梅之進は懐中をまさぐり、恥ずかしそうに何かを取りだす。

絵馬のようだ。

「遠い空から道中の無事を願いたいと、天神さまに絵馬を奉納してまいった。これはそのときに求めたものと同じ絵馬です。故郷に帰られたら、願いをひとつだけしたため、天神さまにご奉納いただけませぬか」

「かならずや」

初は顔を輝かせ、手渡された絵馬を胸に掻き抱く。

これでいい。これでいいのだと、桃之進はうなずいた。

明るみはじめた東の空に、つがいの燕が飛んでいる。

やわらかい薫風が、みなの頬を優しく撫でていった。

――もう。

淋しげに啼く太郎丸も、心の底から別れを惜しんでいるようだった。

火中の栗

一〇〇字書評

切り取り線

購買動機（新聞、雑誌名を記入するか、あるいは○をつけてください）	
□（　　　　　）の広告を見て	
□（　　　　　）の書評を見て	
□ 知人のすすめで	□ タイトルに惹かれて
□ カバーが良かったから	□ 内容が面白そうだから
□ 好きな作家だから	□ 好きな分野の本だから

・最近、最も感銘を受けた作品名をお書き下さい

・あなたのお好きな作家名をお書き下さい

・その他、ご要望がありましたらお書き下さい

住所	〒				
氏名		職業		年齢	
Eメール	※携帯には配信できません		新刊情報等のメール配信を 希望する・しない		

この本の感想を、編集部までお寄せいただけたらありがたく存じます。今後の企画の参考にさせていただきます。Eメールでも結構です。

いただいた「一〇〇字書評」は、新聞・雑誌等に紹介させていただくことがあります。その場合はお礼として特製図書カードを差し上げます。

前ページの原稿用紙に書評をお書きの上、切り取り、左記までお送り下さい。宛先の住所は不要です。

なお、ご記入いただいたお名前、ご住所等は、書評紹介の事前了解、謝礼のお届けのためだけに利用し、そのほかの目的のために利用することはありません。

〒一〇一－八七〇一
祥伝社文庫編集長　清水寿明
電話　〇三（三二六五）二〇八〇

祥伝社ホームページの「ブックレビュー」からも、書き込めます。
www.shodensha.co.jp/bookreview

祥伝社文庫

火中《かちゅう》の栗《くり》　のうらく侍御用箱《ざむらいごようばこ》

平成23年 4 月20日　初版第1刷発行
令和 4 年 3 月25日　　　第3刷発行

著　者　坂岡《さかおか》　真《しん》
発行者　辻　浩明
発行所　祥伝社《しょうでんしゃ》
東京都千代田区神田神保町 3-3
〒101-8701
電話　03（3265）2081（販売部）
電話　03（3265）2080（編集部）
電話　03（3265）3622（業務部）
www.shodensha.co.jp
印刷所　堀内印刷
製本所　ナショナル製本
カバーフォーマットデザイン　中原達治

Printed in Japan ©2011, Shin Sakaoka ISBN978-4-396-33672-1 C0193

祥伝社文庫の好評既刊

坂岡 真
のうらく侍
やる気のない与力が〝正義〟に目覚めた！ 無気力無能の「のうらく者」が剣客として再び立ち上がる。

坂岡 真
百石手鼻《ひゃっこくてばな》 のうらく侍御用箱②
愚直に生きる百石侍。のうらく者・葛《つ》籠《づら》桃之進が魅せられたその男とは!? 正義の剣で悪を討つ。

坂岡 真
恨み骨髄 のうらく侍御用箱③
幕府の御用金をめぐる壮大な陰謀が判明。人呼んで〝のうらく侍〟桃之進が金の亡者たちに立ち向かう！

坂岡 真
火中の栗 のうらく侍御用箱④
乱れた世にこそ、桃之進！ 世情の不安を煽り、暴利を貪り、庶民を苦しめる悪を〝のうらく侍〟が一刀両断！

坂岡 真
地獄で仏 のうらく侍御用箱⑤
愉快、爽快、痛快！ まっとうな人々を泣かす奴らはゆるさねえ。奉行所の「芥溜《あくただまり》」三人衆がお江戸を奔る！

坂岡 真
お任せあれ のうらく侍御用箱⑥
白洲《しらす》で裁けぬ悪党どもを、天に代わって成敗《せいばい》す！ のうらく侍、一目惚れした美少女剣士のために立つ。

祥伝社文庫の好評既刊

岡本さとる　妻恋日記　取次屋栄三⑥

亡き妻は幸せだったのか？　日記に遺された若き日の妻の秘密。老侍が辿《たど》る追憶の道。想いを掬《すく》う取次の行方は。

岡本さとる　浮かぶ瀬　取次屋栄三⑦

神様も頰《ほお》ゆるめる人たらし。栄三の笑顔が縁をつなぐ！　取次屋の心にくい〝仕掛け〟に、不良少年が選んだ道とは？

岡本さとる　海より深し　取次屋栄三⑧

「キミなら三回は泣くよと薦められ、それ以上、うるうるしてしまいました」女子アナ中野佳也子《なかのかやこ》さん、栄三に惚れる！

岡本さとる　大山まいり　取次屋栄三⑨

ほろっと来て、笑える！　極上の人生劇場。涙と笑いは紙一重。栄三が魅せる〝取次〟の極意！

岡本さとる　一番手柄　取次屋栄三⑩

どうせなら、楽しみ見つけて生きなはれ。じんと来て、泣ける！〈取次屋〉誕生秘話を描く初の長編作品！

岡本さとる　情けの糸　取次屋栄三⑪

断絶した母子の闇を、栄三の取次が明るく照らす！　どこから読んでも面白い。これぞ読み切りシリーズの醍醐味。